黒豹の帝王と砂漠の生贄

Elena Katoh
華藤えれな

CHARADE BUNKO

Illustration

葛西リカコ

CONTENTS

黒豹の帝王と砂漠の生贄 ——— 7

あとがき ——— 288

プロローグ

ひんやりとした水の匂い。

それと皮膚に絡みついてくるような植物の香り。

砂丘の中腹に立ち、仁科立樹《にしなたつき》は頭からすっぽりかぶっていた白い布をずらした。

目の前には、深い海の底のような夜の砂漠。

うっすらと遠くのほうで光が揺れている。遊牧民《ベドウィン》のテントの明かりだろう。

あそこにオアシスがある。あと少しだ。がんばろう。

「く……っ……は……っ……ふ……く……っ」

じっとしていると、肌も骨もとろとろに蕩《とろ》けそうな気がする。

あの男に触れられたときから身体がおかしい。尽きない泉のように情欲が衝《つ》きあがってきてどうしようもないのだ。

あの男とは――砂漠の帝王カイル。美しく、恐ろしい男。

『それが発情期ってやつだ。今のおまえは盛りのついたメス猫と同じなんだよ』

じん…と骨に響く濃艶な低い声音が耳の奥でよみがえる。

その声を思いだしただけで、じわりと脳が熱くなる。鼓膜ですらも淫らな器官になったように甘ったるい熱の檻《おり》に囚《とら》われていく。

「ウソだ、発情期だなんて。ありえない、どうして俺が……」

あの男がなにかおかしなことをしたのだろう。だからこんなふうに自制できないほど強烈な劣情に、全身が融解しそうになっているのだ。

この国――モロッコにきて、あの男に出会うまで、こんなことは一度もなかった。

とにかく人のいるところまで行って助けを求めよう。

いや、その前にオアシスで水を浴びたい。冷たい水に身を浸して、一刻も早くこの肉体の熱を冷まさなければ。

「く……っ」

とろ火に焙《あぶ》られたように下肢を疼《うず》かせる体感をはらおうと、一心に足を進める。ひとあしごとに足首まで沈み、ずっしりとした砂の重みを感じる。

『知っているか？　発情期のライオンは、一日五十回以上の交尾をする。虎《とら》もだ。やりすぎで、依存症になるやつもいるらしい』

カイルはそんなことも言っていたが……本当だろうか。

依存症――？

「いやだ……」

いやだいやだいやだ、そんなの、耐えられない……。

立樹は大きくかぶりを振った。

そんなことになるくらいなら、ここで果ててしまったほうが楽だ。

ここに横たわれば、いつか自分も骨になる。

夜の間に凍え死んでしまうかもしれないし、昼間、猛烈な太陽に照りつけられるうちに意識がなくなって、この肉体ごと、干からびてしまうこともある。

そうなればきっと楽になれる。

こんなふうに苦しまなくてもいい。もう誰からも後ろ指を差されなくていい。これから先のことを不安に思わなくてもいい。

そんな考えが湧き、心が折れそうになる。けれどここで負けたくなかった。

「……っ……そうだ……町に行って……日本の家族に会うんだ」

あたりが少しずつ薄明るくなってくる。

ようやくテントがはっきりと見え、周囲に灌木《かんぼく》が広がり、棕櫚《しゅろ》の木々のむこうに泉らしき水場が姿を現した。

早く身体の熱を冷まそう。水辺に立ち止まり、立樹がその身から衣服をとりはらおうとしたときだった。

「……っ！」

ふいに得体の知れない生き物の匂いが鼻先をかすめ、立樹は動きを止めた。

次の瞬間、低い唸《うな》り声《ごえ》が耳に飛びこむ。

息を詰め、立樹は目をこらして対岸に視線をむけた。

棕櫚の木陰のあたり。泉の表面に、そこにいる獣の集団がくっきりと映っていた。

先頭にいる一頭がこちらにむかって声をあげている。

シマハイエナだ。獰猛《どうもう》な性質をしている。あの種類は群れで行動しないはずだが、そこには、ゆうに、五、六頭はいた。

ハイエナたちが次々と顔をあげ、その声に同調し始める。対岸や背後から響いてくる唸り声が交響楽団の楽器のように重なりあい、波状に反響していく。

「う……っ」

恐怖を感じながら立樹があとずさると、大柄なハイエナが両側から立樹に飛びかかろうとした。そのときだった。

「え……っ」

はっとハイエナたちの動きが止まる。

唸り声もぴたりとやみ、あたりは風の音ひとつしない静かな空間となった。ハイエナからは危険を前にしたときの、ぴりぴりとした緊張感が漂う。

その視線は、立樹を通りこした背後——朝陽がのぼり始めた砂漠に注がれている。

(——まさか)

息を殺したまま、立樹は横目で視線をむけた。

ゆらり、と黒い大きな影が揺れる。

「……っ」

そこには、ハイエナの何倍もの大きさがある、一頭の獣の影が長く濃く、立樹の足下あたりまで刻まれていた。

他のすべての生物を圧倒してしまうようなオーラ。

影しか見えていないというのに、自分の背に佇《たたず》んでいる生物が醸《かも》しだしている存在感に、呑《の》みこまれそうな気がした。

ハイエナもそうだった。恐れをなし、蜘蛛《くも》の子を散らしたように逃げ去っていく。

「——っ」

立樹はおそるおそるふりむいた。

すると、そこにいたのは獣ではなく、すらりとした長身の男だった。

風が吹きぬけ、巻きあがっていく砂塵《さじん》。らせん状の砂煙を背に、男が身につけている漆黒のアラブ服が空気を孕《はら》んではためいていく。

まばゆい太陽が照りつけるなか、ミルクティー色の砂丘の頂上に立っている男——カイルがこちらを見すえていた。

背にはライフル。その銃の先端が太陽を反射してきらりと光っていた。

（カイル……）

一歩二歩……と男がこちらに近づいてくる。

翳《かげ》りを含んだ紫がかった双眸《そうぼう》。

ほのかな褐色の肌、驚くほど綺麗に整った目鼻立ち。大人の男としての円熟味のある艶に加え、他を圧倒するようなノーブルさが全身から漂う。

その一方、一分の隙も感じさせない凄味《すごみ》がにじんだ姿は野生を生きる孤高の肉食獣……そんな気配も混在させている。

「行くぞ」

カイルは尊大な態度で手を伸ばしてきた。

「誰があなたなんかと！」

手を払って背をむけ、立樹はオアシスのむこうに見えるテントを目指して走り始めた。

だがカイルは追ってこなかった。ただ軽く嘲笑《あざわら》っただけで。

「無駄だ、あそこも私のテリトリーだぞ」

低く響いた声に、立樹は足を止めた。

「え……っ」

ひきつった顔でふりむくと、カイルは目元に冷ややかな笑みを刻んだ。

「残念だったな」

ふだんは無表情で、何の感情も見せないくせに、今日にかぎって勝ち誇ったような微笑を浮かべている。

「昨夜の余興には楽しませてもらったぞ。発情期の肉体をもてあましながら、必死にこの私から逃げようと砂漠を走るおまえを眺めるのは……実に楽しかった」

「な……」

楽しかった——だと？

では、この男にはすべてお見通しだったわけだ。立樹が砂漠を必死に逃げているのもなにもかも。

「おまえの愚かなほどの一生懸命さ。その愛らしさに免じて、昨夜のことは許してやる」

「っ……別に……許してなんて……」

「いいや、許してやる。だから逃げたければ逃げろ、何度でも逃げたいだけ逃げればいい。絶対につかまえる。そしてそのたび、許してやろう」

妖しいまでに美しい、紫がかった黒い双眸。

一見、冷厳に感じられるものの、よく見れば深く澄み、その奥に人知の及ばない高邁《こうまい》な理念を宿しているような静けさを孕《はら》んでいる。

それがかえって立樹に畏怖《いふ》を感じさせた。得体の知れない相手へのそれとして。

「行くぞ」

再び差しだされた手を見つめながら、立樹は、ジリ……とあとずさった。

「なぜ逃げる、私がいないと生きていけないくせに」

「違う！」

「愚か者め。すなおに私だけを見つめ、愛すればいいものを」

「っ……あなたがそれを言うのか？　人を愛したことなんてないくせに」

「私には必要ない」

きっぱりと、突き放すような口調でカイルが言う。

「……っ」

「必要なのは、つがう相手。身体の欲をわかちあう相手だ。おまえを求めているのも愛しているからではない。おまえほどふさわしい者が存在しないからだ」

愛はない。ただのつがい。

「そんなの……おかしい」

「おかしいのはおまえだ。私のつがいという、最高の人生を与えてやると言ってるのに」

「お断りだ。俺はひとりで生きていく。日本に帰国して」

「なら、殺す」

「え……」

「おまえを逃がす前にその息の根を止め、スカラベの餌《えさ》にして砂漠の砂の底に葬《ほうむ》ってやる。

おまえの骨の欠片《かけら》、細胞のひとつひとつ……そのすべては私のものだからな」

低く囁《ささや》かれた言葉に、立樹の背に戦慄が走る。

顔から血の気がひくのを感じている立樹をじっと見据えながら、カイルは砂を踏みしめ、じりっと近づいてくる。

彼の背から朝陽が射《さ》し、その大きな陰が立樹を覆う。得体の知れない威圧感に襲われ、立樹はあとずさっていた。

「そんなに怖いのか、私が」

怖い？　いや、違う。

どうして彼がそんなことを言うのか。どうしてそこまで自分に執着するのか。それがわからないから。

そうだ、逃げたら殺すだなんて——。

彼なら自分など相手にしなくても、つがいを見つけることも可能なのに。

立樹の恐怖ととまどいが伝わったのか、目を細め、カイルが肩に手をかけてくる。

「答えは自分で見つけろ」

ふわりとその大きな黒い布のなかに抱きこまれたとき、カイルから漂う甘く官能的なモロカンローズの香りに幻惑されたように、立樹はまぶたを閉じた。

「行くぞ。早くその身体をどうにかして欲しいのだろう?」

男の声が低く唆《そそのか》す。

その声。熱。匂い。強い腕の感触。

すぅっと心地よさのなかに魂ごと囚われていくのがわかった。

さっきまで逃げたくてしょうがなかったのに。今でも恐ろしくて仕方ないのに。囚われたくないのに、囚われてしまう。

理性ではなく、本能によって。

愛はないと言われたのに、彼がつがいとして自分に執着していることに、どうしたのだろう、昏い悦《よろこ》びを感じて気がつけばその背に腕をまわしていた。

一カ月前、この国にたどり着いたときのことを思いだしながら。

あの日、この男と出会った。

迷宮都市マラケシュの一角――世界遺産のジャマ・エル・フナ広場――死者の広場とも言われているあの場所で。

あれは日没の祈りを呼びかける時の、黄昏《たそがれ》の光のなかでのことだった。

1　異国の広場

ついにきてしまった、生まれた場所に――。

北アフリカの最西端モロッコ。立樹がその国の古都マラケシュに到着したのは、七月末、この国が最も暑い季節の午後だった。


「――そこの坊ちゃん、スーツケースはこれかな？　えらいな、小さな子供なのに外国に一人旅なんて」

空港の手荷物受取所。ターンテーブルから次々と流れてくる荷物に自分のものを発見し、手を伸ばしかけると、近くにいた屈強な外国人がさっとスーツケースをとってくれた。

「どうもありがとうございます」

立樹は笑みを浮かべ、スーツケースを手に到着ゲートにむかった。

(子供か。まいったな、これでももう二十歳なんだけど)

自分の姿が空港ロビーのガラスに映っている。

骨っぽい細身の体軀《たいく》にダボっとした白いシャツをはおり、ジーンズとハイカットのスニーカーを身につけた姿は、たしかに大学生というよりは子供に見えなくもない。

襟足は短めだが、長めの前髪のさらりとしたストレートヘア。

首筋も肩も手足もほっそりとしていて、琥珀色《こはくいろ》の目だけが猫科の動物のようにくっきりとつりあがっているのが印象的な、細くて小柄な日本人。

はたから見れば、年端もいかない小さな東洋人が大きな荷物を持って大変そうというふうに映るのだろう。

（まあ、いいか。どう見られても）

日本からパリへ。そしてパリからマラケシュへ。

乗り換え時間や待ち時間を加算すると、二十時間以上の旅だった。

肉体的には疲れが溜《た》まっているはずなのに、生まれて初めての海外旅行という緊張のせいか、妙に意識が冴《さ》えている。

ピンク色の外壁の小さな空港は、清潔でモダンな建物ということもあり、異国情緒をすぐに感じることはなかった。

だがゲートを出て民族衣装を着た人々やあちこちの看板に記されたアラビア文字を見るうちに、少しずつここがモロッコなのだという実感が広がっていく。

ちらちらとまわりを見ながらロビーを通りぬけ、外に出ると、目が覚めるような青空が視界を覆う。

イスラム風の屋根には、蜂《はち》の巣のような幾何学模様の透かしが入り、そのすきまから太陽の光がきらきらと降り落ちてくる。

陽射しが強くて、目を開けていられない。何て強い光なんだろう。写真や映像では何度も見たことがあったが、見わたすかぎりの蒼穹《そうきゅう》の壮大さに鼓動が高鳴ってきた。

「……すご……」

圧倒的な青さに吸いこまれそうだ。日本とはまったくの別の色彩が広がっている。

(以前に父さんが話していたままの世界だ。空がすごく青い。それに影が濃い)

乗客と出迎えの人たちでごった返し、ざわついている空港。

それなのに、なぜかしんと静まった空間に佇んでいるように感じるのは、目の前に広がる空の、あまりにも深い青色の濃さに気圧《けお》されているせいだろうか。

ぼんやりと空を眺めていると、こちらにむかって手を振る男性の姿が視界の端に見えた。

「立樹くん、こっちだよ」

駐車場方面から白いシャツにジーンズ姿の若い男性が駆けよってくる。

彼——寺本《てらもと》は、この地と日本とを行ったり来たりしながら野生動物保護の仕事をしていた父の助手で、立樹も幼いときから顔見知りだった。

「わざわざ空港まで迎えにきてくださってありがとうございます」

「当然だよ。久しぶり…といっても、この前の正月、帰国したときに会ったっけ? 荷物、これだけ？」

「あの、自分で」

「いいって、無理しなくても。車、すぐそこに停めてるから。ついてきて」

寺本は立樹のスーツケースをひっぱりながら駐車場にむかってすたすたと戻り始めた。

立樹よりは、頭ひとつ長身で、さっぱりと整った目鼻立ちに眼鏡をかけた姿からは、新進気鋭の動物学者らしい知的な雰囲気が漂う。

「語学はできるんだっけ？」

「一応、英語は何とか。あとはこの国で浸透しているフランス語も勉強してきました」

「それはいい。うちの職場は英語が必須だが、この国はフランス語のほうが通じるから」

モロッコの公用語はアラビア語とベルベル語だが、フランス領だったことからフランス語がよく通じると聞いている。それから北部のほうではスペイン語も。

「そうだ、腹は減ってない？」

「あ、はい。降りる前に、機内でバクラヴァを食べたので」

「ああ、中東を代表するお菓子だ。気に入った？」

「ええ、おいしかったです」

薄いパイのような生地を重ねたなかにアーモンドなどのナッツ類、ドライフルーツがふんだんに入っている菓子。シナモンのシロップがかかっており、口のなかで蕩けていく心地よさを感じながらぱくぱくと食べてしまった。

そんな話をしながら、駐車場に停めてあった四輪駆動車に乗りこむ。

「それで……あの、寺本さんは……父の最期《さいご》のときのこと……ご存じなんですか」

助手席に座ると、立樹は運転席の寺本に問いかけた。

「いや、メールで知らせたとおり、仁科教授は国境沿いの密林で出血性の感染症に罹《かか》って、現地の病院で他界されてしまったからね。遺体はその場で、他の死者たちと一緒に焼かれてしまって、遺骨もなにもないんだ」

「そうですか」

このモロッコにある野生動物保護センターで働いていた動物学者の父が亡くなったという連絡がきたのは三カ月前のことだった。

「日本で葬儀は終えたんだよね？」

「ええ、母の意向で」

「奥さまは、もう落ちつかれた？」

「はい、今はもう。あ、来月、弟の朝春《あさはる》と一緒に母もこちらにくるそうです。仕事のものはともかく、父の私物の整理は自分でやりたいみたいで」

「そうだよね。気持ちはわかるよ、仲のいいご夫婦だったから」

父の仕事関係の遺品の整理は、今回の旅の目的のひとつでもあった。

センター内にある父の研究室には、この国からの持ちだしが難しい遺品と未整理の書類、機密性の高い研究データやサンプルなどが多くある。

処分していいのか、保存すべきか、研究チームに託すべきか——問題が山積みなので、こちらに手伝いにきて欲しいと、寺本から連絡をうけ、立樹は大学の夏休みを利用してモロッコにむかうことになったのだ。

「あの……センターには、どのくらいで着くんですか?」

「到着は真夜中になるだろうね。きみは、シートを倒して寝ていなさい」

「真夜中って……そんな距離、運転されて大丈夫なんですか」

「大丈夫だよ、ぼくは空港との往復だけだから。いったんこの近くのマラケシュ市内に行って、そこで地元のドライバーと交代する予定なんだ」

「そうですか、それならよかった」

立樹はほっとした顔でほほえんだ。

「こっちこそよかったよ、きみが冷静で」

「え……」

「教授のこと……遺骨も手に入らなかったから」

一瞬、立樹は押し黙った。

何度かメールのやりとりをしたときに気づいたが、父の死について、寺本はどうも深い責任を感じているようだ。というのも、そもそも国境近くの密林まで探査に行く予定だったのは、寺本のほうだったからだ。

だが体調を崩したため、代わりに父が行くことになったという。

「それはそれで哀しいのですが……正直に言うと、父が亡くなった実感が湧かなくて」

「そうなの？」

「はい。それに、父は探査に行くときは、行く先にどんな危険があるかわからないから、もしものことがあるかもしれない。その覚悟はしている。好きな研究をしながら死んだのだ、本望だったと思って笑顔で送ってくれ――と口癖のように言ってましたから」

「教授らしい言葉だね。人一倍、研究熱心で、テーマにむかって探査するときはなにがあっても妥協しない。今回もそうだ、そのせいで予定よりもさらに奥地にむかわれて……開発が行き届いていない危険なところまで入りこんで行かれたみたいなんだよ」

「そこで病気に感染したのですか？」

「ああ、残念なことに」

寺本はふぅと重いため息をついたあと、言葉を続けた。

「ずっと探していた伝説の野生動物の集落があると聞いたんだよ。だから教授もあきらめきれなかったんだろう。新種発見の夢が叶うなら、ぼくも同じことをしたと思うよ」

「伝説の野生動物――？　新種って……何ですか？」

聞き慣れない言葉に立樹は小首をかしげた。

「あ、ああ、その話は落ちついてからにしよう。ちょっと複雑なんでね」

「は、はい」

父は野生動物の生息環境の探査に行って亡くなったと聞いていた。新種というのはどういうことなのだろう。

「立樹くん……実は、今回、きみをここに呼んだのは、その研究データに関わることなんだ。ぼくがそれをそのままひきついで研究するにしても、教授の個人的な持ち物のなかに多くの資料がまぎれこんでいて、細かな整理が必要なんだ。家族の許可なしに触っていいかわからなくて。その件についても、センターに着いたら説明するから」

「わかりました」

生真面目な人だ……とその横顔を見ながらふと思った。

彼は立樹が子供のころから、父のそばで研究助手をつとめていた。家族の許可などなくとも、父とともに共同で研究してきたデータなら、それをそのまま彼が使用したところで、別に当たり前のこととして受け止めるのだが。

「ところで、どう、モロッコは。きみはこの地で生まれたんだろう？」

車を進めながら、思いだしたように寺本が問いかけてくる。

「まだ空港を出たばかりなのでよくわかりませんが、空が青くて感動しました」

「ぼくも最初は驚いたよ。やっぱりなつかしい？」

「いえ、これといってなにも。ものごころついたときには日本で生活していましたから、ここで生まれたと言われてもあまりピンとこなくて」

二十年前、立樹はこのモロッコで日本女性と現地の男性との間に生まれた。

何でも歴史ある部族出身の男性で、アラブ系とフランス系の入り交じったエキゾチックな雰囲気の男性だったとか。

立樹のくっきりとした猫のような目や高い鼻梁や口元は父親譲りらしい。しかし肌の白さや小柄で骨っぽく細い体軀は母親から受けついだようだ。

二人とも立樹が生まれてすぐに事故で亡くなったため、両親の顔はよく知らない。

残された立樹は、母の兄——つまり伯父夫婦にひきとられ、養子となった。

先ほどからの会話で、父と呼んでいるのは、正しくは養父、血縁的には伯父にあたる。

伯父夫婦には、立樹のすぐ下にひとり息子がいて、名を朝春という。養父母と義弟との四人家族。一応、父さん、母さんと呼んではいたが、家族のなかで自分が浮いているように感じるのは否めなかった。

やがて車は少しずつマラケシュ市内に近づいていった。

アラビア文字が記された石造りの建物。

そのまわりを棕櫚や椰子の木々、それにアラブ服を着た人々が通りぬけていく。

（モロッコのマラケシュか）

見たこともない世界に車が呑みこまれるようだ。異世界に迷いこんでしまった気がする。ちょうど日没を間近に控えた黄昏時のせいか、甘やかな薔薇色《ばらいろ》の夕陽が、マラケシュのエキゾチックな街を赤く染めていた。

（ウソみたいだ、ここで生まれたなんて。まったく知らない世界なのに。俺の実の父親って……どんな人だったんだろう）

この地の人間の血をひいていると言われて育ってきたが、まったく実感が湧かない。あまりにも日本と違いすぎて、ここに自分のルーツがあるなんて考えられないのだ。

そう思う一方、こんなにも日本と違う国で生まれたから、昔からまわりの人間に違和感のある目で見られていたのだ、と、自分自身でも妙に納得している部分がある。

ふっと甦ってくる日本での日々。

『立樹くん、怖い』

『変じゃない？　仁科立樹くんて。猫の言葉がわかるなんて』

ものごころついたときから、立樹は猫科の動物の気持ちや言葉が理解できた。

といっても、身のまわりにいる飼い猫や野良猫ではなく、動物園にいる虎や豹、ライオン、チーター、ピューマ、ジャガーといった大型の猫科の肉食獣に限られていたが。

『ねえ、虎さんが怒ってるよ、こんなところにいたくないって。あとね、ライオンさんはね、眠たいから木陰で寝るって。あ、チーターさんはお腹が空いているみたい』

小さいころ、動物園に遠足に行ったときに、そんなふうに口にすると『立樹くんはおもしろいね』『はいはい、わかったよ、立樹くん』と笑われた。

けれど小学校にあがって同じようなことを口にすると、まわりから変なやつと言われるようになった。

そのとき初めて自分以外の人間には、豹やライオンの言葉が聞こえないのだという事実を知った。はっきりわかったのは、美術の授業で動物園にスケッチに行ったときだ。

『すごい、あの豹が俺を見て、好きだって言ってるよ。友達になりたいって。うれしいな、そんなふうに言ってもらえるなんて』

いつものように豹の声が聞こえてきたので、当たり前のように檻の前で口にすると、突然、同級生たちがぎょっとした顔をして、立樹に奇異の眼差しをむけた。

『なにそれ。本気で言ってんの?』

『前からちょっと変だったけど、その発言、危なくない?』

そんなふうに小馬鹿にされたが、それでも『本当なんだよ、豹たちが俺に話しかけてくるんだよ』と言い張るうちに、同級生が遠ざかっていった。教師からは、幻聴が聞こえているのかもしれないから一度病院で検査を受けたほうがいいとまで言われた。

『立樹くん、きみの言いたいことはわかるけど、そういう言葉は口にしないほうがいい。おかしな子だって思われるからね』

おかしな子？　どうして。自分にははっきりとそう聞こえるのに。なぜおかしいと言われてしまうのだろう。そんな疑問をいだいている立樹に、養父が言った。

『おまえは特殊な子なんだ。自分が人と違うと自覚しなさい。普通じゃないんだ』

特殊、人と違う、普通じゃない。自分だけが変なのだ。豹や虎の考えていることは自分にしかわからないらしい。

『何で違うの？　どうして』

『おまえの父親の血のせいだろう』

『父親？』

『そうだ。おまえの本当の父親は、モロッコの奥地にいる古い部族の男性だった。砂漠の果てで何百年も前から野生動物たちと共存しているという不思議な一族。神秘的で、孤高で、気高く、幻想的な美しさ。立樹にはその一族の血が流れているんだよ』

『モロッコに行ったら、俺と同じような人がいるの？』

『いや、その一族がどこにいるのか……誰にもわからないんだよ。たまたま都会に出てきていたその部族の男と、私の妹が恋をしておまえが生まれたんだが、彼が亡くなった今、その部族がどこにいるのか、出身地がどこなのか、もう調べる手立てがないんだよ』

『もうその部族の人には会えないの？』

『会えるかもしれないし、会えないかもしれない』

『じゃあ、俺、いつかモロッコのセンターに行く。そして父さんと一緒に野生動物の環境保護の仕事をする。俺も動物学者になって、父さんみたいに日本とむこうを行ったり来たりして研究に没頭するよ』

『おまえも？』

『うん、動物は大好きだし、そうしたら、モロッコのセンターに行ったら、いつかその部族の人にも会えるかもしれないから。それにもし見つけられなかったとしても、豹や虎の言葉が理解できたら、きっと父さんの仕事の役に立てると思うから』

モロッコに行き、野生動物の保護活動をしながら自分のルーツを探す——それは実の父親との接点を求めることであるとともに、動物学者として働いている仁科の父とのつながりも深められることだと思った。

それからはその思いが立樹の支えとなった。自分は人とは違うという疎外感。それに加え、父と母の本当の子ではないという劣等感から立樹を解き放ってくれる気がして——。


「——見てくれ、立樹くん、前のほうに塔があるだろう。あのあたりが有名な世界遺産のジャマ・エル・フナ広場だよ」

寺本にうながされ、フロントガラスの前方に視線をむけると、人だかりの先に屋台の明かりが美しく煌めいている巨大な広場と、大きな塔が見えた。

だが残念ながら人が多すぎて車道からでは、それ以上はよく見えない。

「フナ広場というと、たしか千年くらい前からあるんですよね」

マラケシュは地元の言葉で「神々の国」という意味の地名。そしてフナ広場は「死人の集会場」という意味をもつというのをガイドブックで読んだことがある。

「ああ。昔は公開処刑なんかも行われていたみたいだけど、今では大道芸人たちが芸を披露したり、いろんな飲食関係の屋台が中心になったりしているかな。奥の市場《スーク》に行くと、モロッコ特産の革製品や金属細工の店とか、ヘナを描く店とかもあるみたいだよ」

フナ広場近くの道を曲がると、寺本は通りに面した豪奢《ごうしゃ》なモロッコスタイルの優雅なホテル《リヤド》の前で車を停めた。

「ここのレストランで夕食にしようか。日本人の口にも合う料理の店があるんだ」

ちょうどそのとき、広場のほうからアラビア語の放送が聞こえてきた。

「そろそろ日没の祈りの時間だ。ぼくは駐車場に車を停めてくるけど、きみはここで降りてホテルのロビーででも、アザーンの唱句を聴いてみるといいよ。イスラム教徒はメッカにむかって、一日に五回、祈っているんだけど、なかなか荘厳な光景だよ」

「わかりました、じゃあ、ロビーで待っていますね」

「ああ。祈りの間は大丈夫だと思うけど、終わったらいろんな客引きが寄ってくるから、ホテルから出ないようにね」

寺本にそう言われ、ホテルの前で車を降りた。

彼が言っていたとおり、祈りを呼びかけるアザーンの唱句が広々とした空間にこだまのように反響していた。

焔《ほのお》が燃えているような赤々とした夕空のもと、唱句に誘われるように、人々があちこちで一斉に絨毯《じゅうたん》を広げて祈っている。

アッラーは偉大なり、アッラーはひとつの神にして他に神はなし……。

祈りの声が別の場所の呼びかけの唱句と次々と重なりあい、幾層もの音の輪となって波紋のように広がっていく。

ホテルの玄関口に立ち、その様子を見ていたそのとき。

『——違う、おまえの場所はこっちだ』

耳に入りこんできた低い声。

(今のは……)

広場のほうから視線のようなものを感じる。けれど道を行く車のヘッドライトの光や砂ぼこりのせいでそのむこうが見えない。

『ここだ』

じかに脳に語りかけ、全身を包みこむように響いてくる低い声。アザーンの唱句とは違う。はっきりと自分に語りかけてくる声だった。

ひどくなつかしいような、それでいて狂おしくなる響き。

立樹は導かれるように、ホテルに背をむけたまま目の前の通りを横切っていった。

音楽のような詠唱《えいしょう》が響きわたるなか、民族衣装姿の人々が一斉に地面にひざをつき、同じ方向にむかって祈りを捧げている。

(誰だ……何だろう、胸の奥に響いて仕方ない)

ふらふらと足を進めていった先には、ジャマ・エル・フナ広場があった。

どこから始まってどこまで続いているのかわからないほどの大きさ。

(あの声……こっちのほうから聞こえてきたけど)

けれど広場にそれらしき人物はいない。

いつしか祈りの時間が終わり、フナ広場に喧噪がもどっていた。

日本にはない香りがあたりに充ち満ちている。

革製品や水煙草の匂い。それに入り交じって漂ってくるのは、物売りの屋台から漂ってくる甘ったるいお菓子や香ばしい焼き肉の匂い。その料理を狙《ねら》って集まった野良猫たち。

まわりにはイスラム風の民族衣装を身につけた男女や、カメラをたずさえた欧米系の観光客や、アジア系のツアー客たち。

東京ドームの十倍以上の広さ。そこをぎっしりと埋め尽くしている人、人、人、人……。熱狂的なドラムと歌とがドラマチックに奏でているアラブ音楽、金物や細工物を売っている物売りの声。そのとき、またあの声が聞こえてきた。

『来い、待っていた、ずっとこのときを』

待っていた？

俺を、どうして――？

『こっちだ』

なおも聞こえてくる声。男の声が脳の奥に響き、混沌《こんとん》とした迷宮にも似た広場の奥に、立樹は誘われるように迷いこんでいった。

ホテルの場所がどこなのかわからなくなっていることにも気づかず、ただその声の主を探して彷徨《さまよ》っていく。

そんな立樹に、ふいに男性が声をかけてきた。

「どうしたのですか、迷子になったのですか？」

浅黒い肌、くっきりとした目元に絵に描いたような鷲鼻《わしばな》、白っぽい民族衣装。

肩に手をかけられると、ふっと香辛料の強い匂いが鼻腔を撫でていく。中近東の料理によく使われている、ツンと鼻の奥を刺激する香りだった。

「困ったことがあったら助けてあげますよ」

この声ではない。立樹はかぶりを振った。

「いえ、大丈夫です」

淡く微笑して背をむけたが、すかさず後ろから男性が立樹の腕をつかむ。

「静かにしろ！」

背中にナイフのようなものを突きつけられた。

「——っ！」

人混みのなか、立樹のまわりをとりかこんでいる数人の男たち。

泥棒？　いや、強盗か？

息を詰めた瞬間、強く腕をひっぱられ、勢いよく屋台の裏に連れこまれる。

「や……っ……助け……誰か」

助けを求めて叫ぼうとしたが、すぐに口元を押さえつけられる。いきなりツンとした香りのなにかを嗅がされ、頭が眩《くら》んだすきに地面に押し倒されてしまう。

すぅっと身体から力が抜けていく。意識はあるのに身体が動かない。

立樹がぐったりとしたすきに男たちが上着の下にかけておいた貴重品袋を奪っていこうとした、その刹那——。

「……っ」

突然、長身の男が視界に現れ、男の手を止めた。黒いアラブ服の男だった。立樹からは背中しか見えない。

「この野郎、邪魔をするな……っ」

反発しかけたものの、強盗は男に気圧された様子でその場をあとずさっていく。

「早く逃げようぜ」

仲間たちが一斉に散らばろうとするが、男はそのうちのひとりの腕をつかんで離さない。かっとした顔で強盗が男に殴りかかる。だが、すかさず男がその腕を止める。

「この野郎、その手を離すんだ！」

仲間が近くにあった飾り刀を手にとって、男の背に振りおろす。

「きゃーっ」

騒ぎに気づいた観光客が叫び声をあげる。テロリストが現れたのかと勘違いしたのか、あわてて逃げだす者。とっさにその場に伏せる者。次々と人がぶつかったせいか、土産物屋の軒先に所狭しとぶら下げられていた青や赤のランプが大きく揺れる。

そんななか、振りおろされた刀を払い、あざやかな身のこなしで強盗を押さえつけたあと、男は別の男から立樹の貴重品袋を奪いかえしていた。

黒々とした鷹《たか》の翼のように大きく広がった彼のアラブ服がランプの明かりを反射しながらひるがえっていく。

一瞬のことだったが、あたりの喧噪が耳から遠ざかり、立樹の目には映画のワンシーンがスローモーションで流れていくかのように映った。

そう、広々としたサバンナで、音もなく近づいていった黒豹が一瞬で獲物をしとめて、天敵をかわして大木の幹をのぼっていく——そんな光景となって。

その華麗なほどあざやかな姿。我を忘れたように見入っている立樹に歩み寄り、男がさっと腕を伸ばして抱き起こしてくれる。ふいに身体が浮きあがり、立樹ははっとした。

「もう安心だ、大丈夫か」

フランス語で話しかけられる。低く抑揚のある、脳に響く声と同じ。

「——っ！」

この声だ。この男が自分を呼んでいたのだろうか？

立樹は男の腕のなか、顔をたしかめようと大きく目を見ひらいた。

砂漠の遊牧民のような漆黒のアラブ服。濃いめの肌の色で屈強というわけではないが、しなやかでたくましい筋肉を感じさせる体躯。切れ長のシャープな目元、くっきりとした鼻梁、鋭角的な造作の深さ。

「泥棒に遭いたくなければ、貴重品はしっかり身体に結びつけておけ」

男は立樹をその場に下ろし、首に貴重品袋をかけなおすと、シャツの内側にそれをしまいこんでくれた。

「ありがとう……ございます」

自分の足で立とうとするが、身体に力が入らない。とっさに立樹は男の肩に手をかけた。

身体だけではない。言葉もうまく出てこない。

「薬物の匂いがする。なにか嗅がされたのか」

「あ……はい……身体が……」

ひざががくがくとして、うまくバランスがとれない。

「ホテルは決まっているのか？」

「あ……あの……広場のむこうにあるモロッコスタイルのホテルで……知人と待ちあわせをしているのですが」

「わかった、送ってやろう」

再び、男の腕に抱きあげられる。

ずいぶん長身らしく、目線の位置が信じられないほど高くなる。

そして鼻腔にあふれる甘い香り。以前にどこかで嗅いだ上質のアロマオイルかなにかの匂いを彷彿《ほうふつ》させる薔薇の香りだった。

この国にいる人からは中近東特有の香辛料の香りがする。けれどこの男は違う。官能的で甘美な薔薇の香りがして胸の奥が締めつけられる。何だろう、この感覚は。

「……あの……」

あなたのこの香りは何ですか——と問いかけようとしたが、言葉を止めた。男が鋭利な眼差しで立樹を見下ろしていたからだ。

「薬品臭以外にもおまえからずっと不思議な匂いがする」

立樹を見つめたまま、独り言のように男が呟《つぶや》く。

「え……俺から？」

「このあたりだ、おまえの皮膚から甘ったるい蜂蜜の香りがしてくる」

いきなり男が顔を近づけ鼻で息を吸う。吐息が触れあうほど間近で見つめられ、立樹は身体を震わせた。

「……あ……あの」

香りの源をたしかめるようにすぅっと彼が唇を寄せ、互いの唇が触れそうになり、はっとして立樹は顔をずらした。

「……この香りは………多分……さっき食べたバクラヴァだと……シナモンとか蜂蜜とかがかかっていたから」

口ごもりながらそう答えていた。立樹に視線をむけたまま、男が目を眇《すが》める。

「バクラヴァ？」

「中東のお菓子なんですけど……」

「そんなものは知らない」

低く感情のない声で男が答える。

「でもこのあたりでは、ポピュラーなお菓子だと」

「私は知らない」

もしかすると自分のフランス語の発音が悪かったのかもしれないと思ったが、男は立樹の眸を見つめながら淡々とした口調で問いかけてきた。

「だが興味が湧いた。そのバクラヴァという菓子はおいしいものなのか？」

「はい、俺はけっこう好きですけど」

「それなら挑戦してみよう」

本気なのか適当に合わせているのかわからないが、こちらを凝視する男の目が間近で見るととても綺麗なので、立樹は吸いこまれるようにその眸から視線を逸らせない。

光の加減で少し紫がかって見える黒い双眸。他人を射貫くような強い眼差しだった。けれど怖さやとまどいよりも慕わしさを感じるのはどうしてだろう。

カフィーヤから落ちた、さらりとした長めの前髪。浅黒い肌。彫りの深い端正な風貌。

これまで一度も会ったことがないのに、なぜかなつかしさのようなものを抱《いだ》いてしまう。

自分で自分がわからない。なぜ自分はこんなふうに感じてしまうのか。

「……どうした」

目を細め、男が顔をのぞきこんでくる。眉間《みけん》にしわを寄せると、ほんの少し目尻が下がるせいか、何となく優しそうにも感じられる。

「あなたと初めて会った気がしなくて。さっきから奇妙な気持ちになっていて。根拠もなにもなくて……ただ何となくそう思うだけなんですけど」

男はふっと冷ややかに鼻先で嗤《わら》った。

「おまえの言うとおりだ。会ったのは初めてではない」

「え……初めてじゃないって……やっぱり会ったことがあるんですか」

眉をひそめた男の紫色の眸が問いかけるようにこちらを見つめる。

「実は……俺、この国で生まれたんです。でもまだ赤ん坊だったので記憶が残っていなくて。あの……もしかしてあなたとそのころに会っていたのですか」

変な質問なのは自覚していた。そんなころに会っていてもわかるわけがないのに。

「謎については、いずれわかるときがくるだろう」

じっと瞬きもせず、男が見下ろしてくる。双眸がきらりと光り、一瞬、縫い止められたような気がしてなにも言えなくなってしまった。

やがて広場を出ると、いくつかあるうちのホテルのなかで、寺本と待ち合わせをしているモロッコスタイルのホテルにたどりついていた。

どうしてわかったのだろう。そこまでくわしく説明していなかったのに。と不思議な気持ちで小首をかしげている立樹を男はホテルの前で地面に下ろした。

「もう大丈夫か？」

「あ、はい、ありがとうございます」

まだ少し足元がおぼつかなかったが、さっきよりはずいぶんマシになっていた。

「——これを」

立樹の手をとると、男はその薬指に指輪を嵌《は》めた。

「これは？」

モロッコで魔除けとされているファティマの手が刻まれたチャームがついている。ファティマの手はハムサともいわれるが、その目の部分に紫色の石が嵌めこまれていた。

「護符だ。邪視からおまえを護ってくれるだろう」

「邪視ってなんですか」

「邪な気持ちをもっておまえに接する者たち、つまり邪悪な人間どもだ。ただし護れるのはおまえがしっかり心を保っている場合だけだ」

「邪？」

立樹が問いかけたとき、ホテルの入り口から寺本が現れた。

「立樹くん、よかった、ここにいたのか、どこへ行ってたんだ、ずいぶん捜したよ」

「すみません、フナ広場でスリに遭いそうになったところを、ここにいる男性に助けてもらって」

「男性？」

寺本が不思議そうに小首をかしげる。

「ここにいる方です」と言いながらふりかえり、立樹は驚いて目を見はった。

姿がない。忽然《こつぜん》と消えている。

そこには、ただただ観光客相手の客引きや道を歩く人々がいるだけ。

(どこに行ったんだろう……今までいたのに)

呆然とあたりを見まわしたそのとき、ふと視線を感じ、立樹は顔をあげた。

「……っ！」

ホテルの屋上から鋭い眼差しを感じる。

さっきの男がそこに？

まったく埒《らち》もない気持ちで見ると、そこには黒々とした大きな猫がいるだけだった。

(黒猫……ううん、もっと大きい……黒豹だろうか。いや、まさかこんな市街地に)

目を凝らしてじっと屋上を見あげていると、すっとその黒猫とも黒豹ともわからない動物が屋上から姿を消す。

「スリに遭いそうだったっていうけど、なにか盗られたものは？」

本当は強盗に刃物で脅されたと言ってもよけいに心配されるだけだろう。それにどうしてフナ広場のなかに迷いこんでいったのか、説明するのも難しい。

「未遂だったので大丈夫でした。フナ広場の塔を見ていたら迷子になって、地元の人にホテルまで連れてきてもらったんです」

「それならいいけど、気をつけるんだよ。日本とは違うから」

食事のあと、モロッコ人の運転手が運転するジープに乗り、後部座席から外を眺める。

街の明かりが灯る夕闇のなか、郊外に出ると、一気に暗闇が広がり、車窓の風景が漆黒に変わっていく。

しかしよく見ると、空には日本では決して見られないような満天の星が煌めいている。

（さっきの男性は何者だったのだろう）

いずれ謎はわかる。これが護ってくれる。そんなふうに言っていたが、あの男は立樹が他の人間と違うということを知っているのだろうか。

（何だろう、おかしい。人一倍、人見知りだし、ふだんなら初対面の相手には警戒心をいだくのに、彼にはそんな気にならなかった）

自分の理性や感情とは別の、もっと本能的ななにかが身体の奥で蠢《うごめ》いている。

この先になにがあるのか、自分の身にどんなことが起きるのか、まったく想像できないまま、車の振動にまかせ、立樹はぼんやりと窓にもたれかかった。

甘く官能的な薔薇の香りがいつまでも身体にまとわりついて消えないことに、ほのかなやましさを感じながら。

2　砂漠の帝王

目的地に着いたのは深夜だった。

「立樹くん、こっちがきみのＩＤカード。これがないとゲートのなかに一歩も入れないから。無断で入ると、警備兵に撃たれることもあるので気をつけて」

巨大な施設の前までくると、寺本は立樹に写真入りのＩＤカードを手渡した。

ゲートを抜けたあと、次は車からいったん外に出て、銃を手にした警備兵に囲まれる形で、空港の手荷物検査場のような場所で頭の先から足の先まで、厳重にチェックされる。

「厳重なんですね」

「ああ、近年、テロ活動が激化しているし、企業スパイが入りこむ可能性もあるから厳重な検査が行われているんだ」

「企業スパイがこんなところに？」

「そう、アメリカの企業と協賛しているからね。企業がスポンサーとして出資し、こちらは研究データを企業に渡す。企業は環境保護のため、今後なにが必要なのか、各大学の研究者たちと共同で技術開発したものを商品化していく。持ちつ持たれつの関係なんだ」

もう一度、車に乗りこみ、寺本が奥にある動物保護センターへとむかう。

メインセンターは、国際的な人権団体が創設した難民児童を保護する施設。その同じ敷地のなかに、野生動物の生息環境の保護を目的としたセンターもあり、亡くなった父はここと日本の大学とを行き来しながら働いていた。

「ここが今日からきみの暮らす宿泊施設だ」

到着したのは、七階建てのビルだった。そこが職員の宿泊所になっていて、隣に動物園のような野生動物の保護センターがあった。

「きみは、ぼくと同じフロア。以前に教授が使っていた隣の部屋を用意したから。朝、外を見ると、砂漠が見えるので楽しみに」

「ありがとうございます」

「今後のくわしいことは明日。今夜はゆっくり休んで。困ったことがあったら、内線でぼくの部屋に連絡して。5012番だから」

「わかりました」

「あっ、シャワーの水、すぐに冷たくなるから気をつけて」

「はい」

「明日は他のスタッフを紹介するね。みんな、教授の息子さんの来訪を喜んでいるよ」

「恐れ入ります」

「それから喉が渇《かわ》いたら、冷蔵庫のミネラルウォーターを飲んで。生水は飲まないように」

「はい」

「そうだ、予防接種、なにかしてきた?」

「あ、はい、一応、厚生労働省が推奨しているものを」

「なら、安心だな。この施設のなかは厳重に管理されているけど、各地から集めた動物もいるので、そこから感染する可能性もあるんだ。十分気をつけて。眠るときはちゃんと窓を閉めて。昼夜の温度差が激しいから」

「はい、わかりました」

心配性の母親のような寺本が名残惜しそうに去ったあとスーツケースを手に、立樹は用意された部屋に入った。

外観はモダンだが、職員の部屋は、中東風の内装になっている。窓の外には古いモロッコスタイルのパティオを模したテラス。ゆったりと横になれるカウチが置かれ、そこに出ると、うっすらと月に照らされた夜の砂漠を眺めることができた。

ひんやりとした風。揺れるカーテン。

(モロッコか……あの砂漠のむこうに行くこともあるだろうか)

ここにいるのは二カ月。父の研究データの整理を手伝ったあと、そのまま大学の夏休みが終わるまでセンターに残って、インターンシップという形で寺本のチームで働くことになっている。野生動物保護のため、砂漠の奥地まで行く予定もあるかもしれない。そのあたりに行けば、実の父の部族についてなにか知ることができるだろうか。

いや、あまり大きな期待はしていない。仁科の父でさえ、その部族のことはよくわからないと言っていたのだから。

ただ少しでも、実の父の世界に近いものに触れることができたら。

立樹は窓辺に佇み、ライトアップされた遠方の砦《カスバ》を目を凝らして見つめた。

深夜のせいか、恐ろしいほどの静けさとひんやりとした空気が漂っている。

「……寒……っ」

日中の暑さがウソのような冷たい風に、立樹は身震いをおぼえ、テラスのガラス戸を閉め、そのままベッドに横たわった。

砂漠の音だろうか、ゴォゴォといった砂交じりの風の音が聞こえてくる。

ああ、ここは日本じゃない、砂漠の国にきたんだ……そんなふうに思いながら横たわっているうちに、次第に眠気が襲ってくる。

その夜は旅の疲れもあり、立樹はそのまま深く寝入ってしまった。

朝、カーテンのすきまから漏れる光に驚いて目を覚まし、窓を開けると、信じられないほど美しい砂漠の風景が窓の外に広がっていた。

視界をさえぎるものがなく、パノラマ写真のような絶景。

遠くに見えるのは、朝陽を浴びたアトラス山脈。

センターのずっとむこうのほうには、幾重にも砂丘が連なったゆるやかな稜線。

その手前には、サボテン。アーモンドの木々。オリーブの木々の生えた緑地。棕櫚の木々が風に揺れている。

改めて自分が異国にいることを実感していると、テラスの下のほうを巨大なトラックが通り過ぎ、隣接している野生動物の保護センターのなかに入っていく。

宿泊所から次々と職員が飛びだし、そのトラックをとりかこんでいく。

めずらしい動物でも保護したのだろうか。

テラスから身を乗りだしてその様子を見ていると、廊下のほうが騒がしくなり、ドンドンと立樹の部屋のドアをあわただしく叩く音が聞こえた。

「立樹くん、起きているか」

寺本の声だった。

「は、はい、おはようございます」

「今からセンターに行くよ。すごいものが捕獲されたんだ」

すごいものが捕獲——？
白衣を渡され、IDカードを胸につけ、寺本とともに野生動物保護センターのなかに入ってていく。そこは多くの野生動物を保護した動物園のような施設と、博物館のような白くてモダンな建物が並んでいた。

ガラス張りになった空間のまわりに大勢の職員が集まり、ざわざわとざわめいている。

「紹介はあとからするね。それより、こっちにきてきみも見てごらん」

寺本にうながされ、入っていくと、さーっとモーゼの「十戒」のように人の波が分かれ、細い道ができあがり、そこに車輪のついた大型の鉄製のゲージが運ばれてきた。

ゲージのなかには、しなやかな毛並みの牡の巨大な黒豹が一頭。

「黒豹だ……」

野生の黒豹。こんなに巨大なものは初めて見る。豹のオスは二メートル近くあるのもいるらしいが、この黒豹はそれ以上あるかもしれない。

「身体つき、毛並み、顔つき、足の長さ……完璧だ。金色と紫色の眸のオッドアイなんて初めて見た。ミステリアスで魅惑的だ」

「ああ、宝石のようだな。アラブの王族が買いたがっているそうだ。すごい高値を提示してきたらしいが、それもうなずける美しさだな」

研究員たちが次々と現れ、感嘆しながら黒豹を眺めている。

漆黒の艶やかな毛。紫色と金色の不思議なオッドアイ。それにこの世のものとは思えないほどの美しい肢体をしている。

「このオッドアイ、ベルベットのような美しい毛並み、高雅な風貌……もしかすると、これが……砂漠の帝王では……。あれは伝説の生き物と言われているが」

研究員がぼそぼそと呟きながら、ゲージに近づいていく。

「帝王？」

小首をかしげた立樹に、寺本がそっと日本語で話しかけてくる。

「そう、砂漠の帝王と呼ばれている黒豹がいるんだ。この黒豹のＤＮＡを調べれば、砂漠の帝王かどうかすぐにわかるだろう」

「砂漠に黒豹がいるんですか」

「いや、砂漠というよりは、正確には砂漠の奥地にある渓谷……緑と水にあふれた人跡未踏の場所に、一匹の黒豹の帝王を中心とした豹の帝国があると言われているんだよ。彼らは我々がよく知っている豹とは遺伝子学的に異質で、彼らだけにしかないＤＮＡをもっているらしいんだ」

「彼らだけ？」

「そう、他のどの生物とも異質なものだ」

そんな生物がいるのだとしたら、それは新しい種の発見ということになる。

多分、これが車のなかで話していたことの続きらしい。

「立樹くん、きみも中南米にあるワー・ジャガーの伝説を知っているだろう？」

「はい。アステカだかマヤだか忘れましたが、古代、あのあたりでは人間とジャガーとが融合した獣人《じゆうじん》の伝説があったと。そのことですよね」

「ああ。中南米の伝説と同じように、このあたりにも豹と人間の融合体の伝説があるんだよ。ワー・ジャガーは『闇の世界の神』とジャングルで崇拝されてきたが、豹人たちも『砂漠の帝王』だの『闇の砂漠の神』だのと言われ、この地で遊牧民たちに崇拝されていた」

「でもワー・ジャガーはあくまで伝説の生き物ではないのですか」

ワー・ジャガーだけではない。

アヌビスやホルスといったエジプトの神々、天使、ケンタウロスやミノタウロス、ガルーダ、人魚、天狗《てんぐ》など、数えればキリがないほどの獣人の伝説は存在する。

だがそれはあくまで伝説や神話のなかの生き物のはずだ。

「私もずっとそう思っていたよ。獣人というのは伝説だと。だが仁科教授からある話を聞いて、そんな意識がくつがえってしまった」

父から——？

「まだ若かったころ、仁科教授は、一度、その渓谷に迷いこみ、実際に彼らと遭遇したことがあるそうなんだ。そしてそこで採取したサンプルをもとに、DNAを解析した結果、その事実がわかったみたいなんだよ」

「そのデータはどこにあるんですか」

「残念ながらどこにもないんだよ。その後、火災で失われてしまったらしくて。そのあと何度かそこに行こうと挑戦されたみたいなんだが、二度と行くことはできなかったらしい。だから伝説の生き物と言われているんだよ」

どこかで耳にした話と似ていると思った。

立樹の実の父親の一族も、砂漠の奥地にある渓谷に暮らしていて、伝説の部族と言われているとかいないとか。もしかすると、その部族も豹の帝国と同じ場所にいるのではないだろうか。ふとそんな気がした。

「では、父の研究テーマは、本当はそちらだったのですか」

「ああ。野生動物の環境保護も仕事のひとつだが、なによりも教授が人生をかけて心血を注いでいたのは、砂漠に生息する豹の一族の遺伝子研究だよ」

「つまり新種の発見ですか」

「そうだ。新しい種の発見は、学者の夢のひとつだからね。ましてやその相手がこんなにも美しい生き物とくれば」

遠目ではあったが、寺本は感心したように檻のなかの黒豹を見つめた。言葉の内容でもわかったのか、機嫌の悪そうな、少し白けたような態度で黒豹が顔を背ける。

「ではこの黒豹のＤＮＡも調べるのですか」

「もちろんだよ。あとは胃の内容物も調べたいね。砂漠のどの地域の動物を餌にしていたのか、それを調べて彼らの生息区域を割りだす。彼らを発見することは、文化人類学的な定説だけではなく、人類の歴史をも変えるものだから」

「人類の歴史ですか?」

立樹は驚いて問いかけた。豹の新種発見というレベルではなく、そんな大きな研究につながるなんて想像もつかない。

「そうなんだ、そのくらいのことなんだよ。この黒豹は、それにつながる生物かもしれない。解析には時間がかかるが」

「だけど本当にこの豹が砂漠の帝王といえるんですか」

「さあ、もしかするとただの豹かもしれない。だけど……そう思わせるだけの美しい黒豹だと思わないか」

たしかにこれほどまでに悠然とし、これほどまでに優雅な雰囲気を漂わせた、しなやかな体軀の豹はこれまでに見たことがない。

人間に捕らえられ、檻に入れられ、厳重に警備されているというのに、一切動じていないところもすごい。

冷静すぎるほど冷静で、自身に対して絶対的な自信があるようにすら見える。

じっと見つめたそのとき、豹がふっと立樹に視線をむけた。

互いの視線が絡みあう。

（この目……）

紫色と金色の双眸。

吸いこまれそうな眸を見ていると、ふいに身体の奥のほうが熱く焦げるような、奇妙な痛みを感じた。

急に胸が苦しくなって泣きたくなる衝動がこみあげてきたかと思うと、続いてなぜか懐かしい思いが突きあがってくる

自分で自分の身体のなかを渦巻く感情をうまく整理できない。

狂おしい想い、愛しさ、切なさ。しかしそんなふうに湧きあがる幾つもの感情の嵐に、心をもっていかれなかったのは、ふいに指に嵌めた指輪を熱く感じたからだ。

「あ……っ」

あの男にもらったファティマの目のついた指輪。上から触れてみると、別にどこも熱くない。けれど嵌めた部分がなぜか火傷しそうなほど熱い。

立樹はゲージから逃れるように、一歩、二歩とあとずさって、人垣の後ろまで進んだ。

「どうしたんだ、立樹くん。具合でも悪いのか」

寺本が立樹の様子に気づき、心配そうに話しかけてくる。

「ええ、あの……手が熱くなって」

「手が？」

「はい、この指輪をしているところが……火傷しそうに」

「これは……ファティマの手……イスラムの護符じゃないか。どうしたんだ、しかもめずらしいアメジストが嵌めこまれている」

「これは……昨日、フナ広場で会った人からもらって」

「もらって?」

「さっきまで普通だったのですが、急に熱くなってきて」

「それならとったほうがいい、指輪を外しなさい」

「は、はい」

立樹は指輪をはずそうとした。しかしさらに熱くなってきて、触れることもできない。

「う……っ」

「待て、とれないのなら、ぼくがとってあげよう」

寺本が立樹の手首をつかんだそのときだった。

「うわ――っ!」

絶叫が聞こえたかと思うと、続いて女性職員の叫び声がセンターに響きわたった。

「きゃーっ、誰かっ!」

はっと目線をむけると、黒豹が男性研究員の手に噛みついている。鋭い牙《きば》が深々と突き刺さっていた。

「う……誰か……助けてくれ……手がずたずたになってしまう……っ……あ……っ」

ボキボキ……と骨が折れていく音が響く。

「ああっ、誰かっ、誰か！」

研究員が何とかそこから手を引きはがそうとするが、黒豹の牙が手のひらの下まで貫かれていて容易にとれない。

「くそっ、この黒豹……よくも」

別の職員が麻酔銃をむけると、気配を察した黒豹はさっと職員の手から牙をはずし、ふわりとゲージの奥に移動していった。

「誰か、早く、早く医師をっ！」

手からぼとぼとと大量の血を流してのたうちまわる男を同僚たちが担架に乗せて、センターの奥へと運んでいく。

ゲージの奥にいる黒豹のあごからは血が滴《したた》っている。

けれど不思議と立樹は怖いと感じなかった。

どうしたのか、そこから醸しだされる空気のせいなのか、何なのかわからないが、つい今しがた人間の手を嚙んだ凶暴で獰猛な肉食獣なのに。

怖いというよりも、もっとこの生き物のことが知りたいという衝動がこみあげてくる。

ゆったりと落ちつきはらった態度のむこうににじむ、知性と高貴な雰囲気に心惹かれるのだ。しかし日本の動物園に行ったときのように、この黒豹がなにを考えているのかが立樹にはわからない。

じっと目を見つめていても、何の感情も伝わってこないのだ。

（なぜなにも聞こえないんだろう）

なにも考えていないわけではないと思うのだが。さっきも職員に噛みついていたわけだし。けれど殺気も警戒心も感じられない。

ふらふらと立樹はゲージの柵までひきよせられるように近づいていく。

「危ない、近寄るんじゃない！」

寺本に肩をつかまれそうになるが、ふりきって立樹は憑《つ》かれたようにゲージにむかった。

視線が外せない。どうしたのか、ゲージのなかにいる黒豹から目が離せないのだ。

鋼鉄の柵のむこうとこちら。

立樹がこれ以上ないほどゲージに近づいたとき、ふいに黒豹からあの甘い香りがした。

（これは……この匂いは）

はっとして目を見ひらく。

たしかめようとしたそのとき、数人の職員たちが銃をたずさえた警備員たちとともに現れ、黒豹を入れたゲージを建物の奥へと運んでいった。

「――あの黒豹だが、危険だと判断されたので、特別室に送られることになったよ。厳重なセキュリティシステムで管理された場所に」

「そうですか。明日、もう一度、会うことはできますか？」

「どうした、あの黒豹に興味があるのか」

「え、ええ……なぜか気になって」

「あの黒豹がなにを考えているのかわかるのか？」

突然の寺本の言葉に、立樹ははっとした。

「え……」

じっと見つめると、寺本は気まずそうな表情でうなずいた。

「知ってるんだよ、きみのこと」

立樹は顔を引きつらせた。

「……あの……父があなたに？」

「ああ、教授から」

眼鏡の縁をあげ、寺本は微笑した。

「きみは、豹やライオンといった猫科の大型獣の考えていることがわかるんだと」

「え、ええ。あ……でも、さっきの黒豹の考えていることはなにもわかりませんでした。もう聞こえないのかもしれません」

「二十歳になったんだよね。たしかに思春期特有な敏感さで理解していたのかもしれないね。大人になると、そうした能力がなくなってしまうという話も聞いたことがあるし」

「俺と同じような人物が他にもいるんですか」

「世界にはまだまだわからないことが多いからね。きみ、そのことではずいぶん辛い思いをしてきただろう。人と違うというのは生きづらいことだからね」

寺本は立樹の肩に手をかけた。

ふいに目の奥にこみあげてくるものを感じた。

今まで父以外には相談できなかった。

動物の言葉が聞こえる能力。その事実はとても嬉しいことだったし、苦しんでいる動物の状態を自分ならそのまま言葉にできるのに、それが言えない葛藤。

「でも……こんな人間……他にはいないみたいで」

「そんなことはないよ、きみの実のお父さんも動物の言葉が理解できたということだよ」

「本当ですか?」

「教授から聞いたことがある。父親から受け継いだ特殊な力かもしれない。一度、正式に調べてみてはどうだろう」

「調べてどうなるんですか」

「さあ、ぼくにもどうなるのかわからないけれど、一応、血液検査と脳波検査とCT検査をしてみないか。ここでの体調管理にもなるし」

「わかりました」

血液検査と簡単な健康診断をしたあと、立樹は仁科の父の遺品整理のため、彼が宿泊用に利用していた部屋にむかった。

「しばらくはここで書類の整理を頼むよ。日付ごと、ジャンルごとに分けてくれ」

膨大な書類や写真、資料、サンプルがあり、なにから手をつけていいかわからない状態になっている。

「そうだ、古い研究ノートがあったら教えてくれ。教授は細かくノートを書きこむ人だったんだが、古い研究ノートが見つからなくて」

「古いっていつごろのものですか？」

「二十年ほど前のものだよ。火災のあとのものだけど、なにか謎の豹について手がかりになることが書かれているかもしれないから」

それから数日間、立樹は書類や書籍の仕分けに追われた。だが寺本が探しているものはなかなか見つからなかった。

（あの黒豹は……どうしているのだろう）

夜、ひとりになると、黒豹のことが気になり、立樹はテラスに出てぼんやりとセンターの屋根を見下ろした。

乾いた大地をあざやかに浮かびあがらせている真っ白な月。砂漠の近くにあるため、夜になると砂を運んでくる風の音が荒々しく聞こえてくる。

(明日……会いに行こう。気になる、あの黒豹のことが)

あの黒豹が砂漠の帝王と呼ばれる新種の豹なのかどうか。

それにその豹が生息しているといわれている渓谷に、もしかすると立樹の実の父親の部族の、なにか手がかりになるようなものがあるかもしれない。

それからフナ広場で出会った男。

『謎については、いずれわかるときがくるだろう』

そんなふうに言って、この指にハムサの指輪を嵌めた男。

立樹は先日と違い苦もなく指輪をとり、枕元に置いてベッドに横たわった。

あの男もきっとなにか関わりがあるように思える。何の根拠もないのだが、そんな気がしてならないのだ。

そんなことを考えながらうとうととしていると、ガラス戸が開いていたのか、カーテンをゆらゆらと揺らす風の音や砂漠の砂の音が聞こえてきた。それに冷たい夜風が入りこんでくる。

「……ん……」

ガラス戸を閉めないと。ぼんやりとした頭で考えていたそのとき、ふいに甘い花の香りが鼻腔を撫でた。

薔薇だ……。モロカンローズの濃密な匂い。

胸の奥を甘く疼かせるこの芳香は、あの黒豹の香りだ。夢うつつの状態で認識していると、なにかが近づいてくる気配を感じた。

「――っ」

はっと目を覚ましたそのとき、自分にのしかかってくる男の影が視界をよぎった。

ぐうっと肩にかかってくる重み。ずっしりとした体重ごと両肩を押さえつけられていた。胸には胸、足には足が絡まりあうような格好で。

薄闇のなか、目を凝らすと、窓から差す月の光が自分の上にいる男の横顔を照らしていた。

深い闇色の髪に、ほっそりとした鼻梁、紫色の双眸。そこにいたのは、数日前、ジャマ・エル・フナ広場で出会った男だった。

「あなたは……」

自分を見下ろしている男と視線が絡み、立樹は息を呑んだ。

「おまえに会いにきた」

「会いにって……どうやってここに」

黒衣をまとった美しくミステリアスなアラブの男。

黒豹と同じ甘い薔薇の香り。いや、密着しているせいか、黒豹からのものよりもずっと深く奥のほうに染みこんでくるような匂いだった。

どうしてあの男がこんなところにいるのか。厳重に警備されているはずなのに。

「指輪をはずすな。邪悪な者が近づいてきている」

男はそう言って立樹に指輪を嵌めると額《ひたい》にかかった髪を梳《す》きあげた。

「邪悪な者ってどこにいるのですか」

「わからないのか」

責めるように言われるが、言葉の意味がわからない。

「ええ、まだこの国にきたばかりですし……なにも。あの……あなたはなぜここに」

「おまえを私のものにするためだ」

男の手がバスローブを割って胸元に忍びこんでくる。いきなり小さな胸の粒を指先でなぞられ、立樹はぴくりと身体を震わせた。

「や……なにを」

「静かに。抵抗するな」

きゅっと指先で押しつぶされただけで、背筋から腰のあたりに電流が奔《はし》るような感覚が起こる。そこが勝手に勃ちあがり、恥ずかしさととまどいに頭が真っ白になっていく。

「え……ちょ……っ……ま……待ってくださ……」

やがて立樹の言葉をさえぎるように唇がふさがれる。

「や……っどうし……あ……っ」

息を触れあわせながら、包みこむように何度も唇を重ねられていく。やがてそっと唇を割って、挿《は》りこんでくるやわらかな舌先。

「――っ!」

くちづけしている。あの男と――。

そのことに立樹は驚愕《きょうがく》しながらも、なぜか強く抵抗できなかった。

「……ん……っ」

互いの舌を根元から絡ませあうくちづけ。こんなことをするのは生まれて初めてだった。

あたたかな舌先に舌を搦《から》めとられていくうちに少しずつ肌が粟立《あわだ》ち、胸苦しくなっていく。

この感覚は何なのか。強いめまい。ぞくりとした甘やかな震え。身体の芯まで熱くなり、深い熱の渦に巻きこまれていくような体感。

この男に会ったときも、あの黒豹を見たときも、同じ想いに襲われたのだが。

「ん……っ」

息苦しさに眉間を寄せながらも、それ以上はなにもできない。男の動きに従い、導かれるように強く甘美な波に溺れていく。

男の腕のなか、立樹は身じろぎもできず唇を屠《ほふ》られていた。

その間にほっそりとした足と足の間に男が入りこみ、バスローブの裾《すそ》が腿《もも》まで捲《まく》りあげられる。知らずひざを立てて、立樹は足をあらわにしていた。

「あ……ふ……」

唇が離れ、乱れた息を整えようとしているすきに、男が下肢に手を忍ばせてきて立樹は思わず硬直した。何の予告もなくペニスをにぎりしめられ、全身がこわばったのだ。

「あう……っ……っ！」

迫《せ》りあがってきそうになる快感に総身が震える。

ほぼ初対面の男同士だ。それなのにどうしてこんなことをしてくるのか。

「やめ……お願い……怖い……どうして……っ……」

男の腕をつかみ、その動きを止めようとする。しかしそのとき、薔薇の匂いが甘く香り、全身が痺《しび》れたように身動きがとれなくなった。

馥郁《ふくいく》とした芳《かぐわ》しさが肌に絡みついて、力が抜けてしまう。

「無駄だ、おまえの身体は私に反応するようになっている。抵抗できないだろう？」

「違う……これは……ただ……あなたの香りに痺れてしまって」

「だからだ」

「え……」

「この香りに感じるのだとすれば……運命だからだ」

「運命？」

「そうだ、私のつがいになる運命だ」

——つがい……。獣の夫婦を指す言い方。

「つがいって………っ」

どういう意味なのか問いかけようとしたが、次の瞬間、亀頭のくぼみを爪で弾かれ、衝《つ》きあがってきた疼《うず》きに立樹は言葉を失った。

「——っ！」

洪水のようにはしたないばかりに雫《しずく》が滴り、男の手をぐっしょりと濡《ぬ》らしているらしい。そこからぐちゅり……と紡ぎだされる淫猥《いんわい》な音がそのことを教えてくれる。

恥ずかしい。こんな自分を晒しているなんて。

そう思うのに全身の神経が鋭敏になり、肌の奥が熱くなっていくのを止められない。

立樹の性器の先からとろとろとした蜜があふれ、男の手のひらを伝って腿の間へと流れこんでいく。

「ん……っ」

淫らなその雫が引力に負け、腿の付け根から尻の割れ目をたどってシーツへと落ちていくのがわかる。腰の下はぐしょぐしょに濡れている。ひんやりとした湿り気の感触が臀部に伝わり、自分がお漏らしをしたみたいでいたたまれない。

「感じやすい、素直な身体をしているな」

そう呟くと、いきなり男は立樹の足の間に顔を埋めてきた。

ひざをひらかれ、性器に彼の舌先が触れる。ぴくりと身体を震わせながらも、立樹は反射的に手を伸ばして男をそこから引きはがそうとした。

「……あ……だめ……や……っ」

だがすかさずたっぷりと潤《うる》んだ尿道口をぬるりとした舌先に撫《な》でられ、立樹はとっさに手で口元を押さえた。

「あ……ああっ、は……ああっ！」

けれど勝手に甘ったるい声がほとばしっていく。

舌先でやわやわと舐められたかと思うと、手のひらで陰嚢《いんのう》をピンポン玉を弄ぶようにくちゃくちゃと揉みくちゃにされる。

双方から加えられるその刺激がたまらない。脆くも羞恥や理性が消え去って、ただただ快楽が欲しいという欲望が全身を支配していく。もはや自制できない。

「あ……あぁ……っ……あぁっ、ああ」

手で押さえても押さえても、指のすきまから漏れてしまう自分の声。よがっているというよりは、もっともっととせがんでいるような気がして恥ずかしい。

男はふっと鼻で嗤うと、そのまま立樹の性器を口にふくんだ。

根元まですっぽりと彼の口内に呑みこまれ、喉の奥へとずるずると引きずりこまれそうになっている。

「ああっ、ああっ!」

熱い粘膜に絞られるような感覚。その恐ろしいほどの快感に全身が総毛立ってしまう。

そんなところをほぼ初対面の男に銜えられているなんて。今まで抑えられないような性的な興奮をおぼえたことは一度もない。

自慰ですらやったことがないのに、いきなりこんなことをされ、自分でもどうしようもなくなっているなんて信じられない。

けれど立樹の性器は彼の口腔を圧迫するほど大きく膨らみ、今にも熔岩となって欲望が噴きあふれそうな衝動を覚えた。

こんなことは初めてだ。

性的な気持ちになったことがあったとしても、少し我慢すれば消えてしまうくらいのものだったし、女性の裸を見てもどうにかしたいと思ったことはないし、他の男子のように同級生の女子相手にむらむらとした気持ちを抱いたこともなかった。

きっと自分は未熟なのだ。特殊な人間だといわれていたのもあり、自分はきっと性的にも未成熟で、こうした部分も他の人と違うのかもしれないと思ってきた。

それなのに、いきなりどうしてしまったのだろう。

際限なく衝きあがってくる甘苦しい疼きに耐えられそうにない。

これまで感じたことのない心地よさ。浅ましいほどの快楽。愉悦のあまり、腰が身悶《みもだ》え、立樹の中心はもろくも達してしまいそうだった。

「ああっ、や……ああ、う、くう——あぁぁっ！」

全身がふるふると痙攣《けいれん》している。このままどうにかなってしまいそうだ。汗がにじむ肌、沸騰しそうな脳、なやましくも強烈な甘美。

……もうダメだ。

「達きたければ達ってしまえ」

「え……」

「身体の感覚に従ってみろ」

口内に含みながら、囁かれると、ペニスにさらなる刺激が加わってしまう。たまらない。もう我慢できない。火傷《やけど》しそうなほどの熱さに囚われていく。

立樹は涕泣《ていきゅう》しながら男の肩に爪を立てていた。生まれて初めて味わう絶頂へ一気にのぼりつめていった。

「うっ！　んっ、ふあっ、ああっ、あ、ああ——っ！」

背をのけぞらせ、きつく目を瞑《つむ》る。恐ろしいほどの快美が皮膚を震わせる。痙攣したようにひくひくしている立樹の性器からは、とくとくと蜜があふれでていく。その生まれて初めての感覚に身をゆだねる。

「男としての快感を教えた。私との交尾自体は完遂していないし、未成熟な部分もあるかもしれないが、これでもうおまえも大人のオスだ」

「え……」

交尾――？　大人のオス？

なにを言われているのかわからない。

まだ身体が痙攣したままで、射精の余韻が残っているせいだろうか。頭がくらくらしているのもあって、言葉の意味がすぐには理解できなかった。

「これからは成獣のオスという自覚を持って行動しろ」

「わからない……つがいとか交尾とか……そんな獣みたいなこと……」

「そのうちくわしく教えてやるから、今日は静かに従っていろ」

立樹の性器の先端からあふれる蜜を舌で舐《な》め始めた。先端から搾りとるように残滓《ざんし》を舐めとっていく男の姿をぼんやりと見ている。そのとき、

「……っ」

立樹ははっとした。

壁に刻まれているシルエットが目の前にいる男ではなく、先日、捕獲されたあの黒豹のように見えたからだ。

「……あなたは……誰……」

大型の肉食獣が自分の下肢を舐めている。

しかし目の前にいるのはあの男。激しく全身がおののいた。

「あなたは……黒豹なの？」

なにを尋ねているのだろう、そんなことがあるわけないのに。

きっと見間違いだろうともう一度壁に映るシルエットに視線をむけると、やはりそこには一頭の豹の輪郭が刻まれていた。

青白い月の光が、くっきりとその影を浮かびあがらせる。

「あ……っ」

戦慄が奔りそうになったが、与えられている快感がそれに打ち勝つ。

わけがわからないまま、快楽にひきずりこまれそうになっていく。再び身体が甘く疼きはじめたそのときだった。

なにか気配を察したように、男はさっと半身を起こし、立樹のうえから身をひるがえした。

「え……」

窓の外へとむかっていく男の影は、やはり豹に見える。

目を見ひらき、その背を見送った次の瞬間、夜のセンター中に響きわたるようなけたたましい警報が鳴った。

ジリジリジリ――!

はっと我にかえった立樹の耳に、寺本の声が飛びこんできた。

「立樹くん、大丈夫かっ! ドアを開けてくれ」

ドアを叩く音。まずい、こんな乱れた姿を見せるわけにはいかない。とっさに立樹は言い訳を口にしていた。

「なにかあったんですか……今、入浴していて……すぐに開けられなくて」

ドア越しにうわずった声で言う。

「入浴? なら、いい。すぐに窓を閉めて、用心してくれ」

「え……窓をって」

訊きかえそうとしたとき、警報がやみ、流れてきた放送に立樹は息を止めた。

「黒豹が脱走しました。部屋から出ないでください」

あの黒豹が脱走――?

窓の外を見ると、冷たい夜風が吹くなか、夜の闇を裂く投光器の明かりに照らされ、警備兵たちが銃をもってあちこち捜索しているのがわかった。

(今の男は……あの黒豹の化身? いや、まさか)

そんなことが現実にあるわけがない。だがそんな気がしてならない。おかしな想像だとは思ったとしても。

（だけど、さっき寺本さんが言っていた一族だったら……それもあり得る）

それに……嗅いだだけで、身体の奥が熱くなる同じ薔薇の香り。今さっき、視界をよぎったシルエット。

なによりなにか深い部分でそんなふうに感じられて仕方ないのだ。

窓から身を乗りだし、立樹は銃をもった警備兵たちが黒豹を捜している姿を追った。

ぐるぐると夜の闇を照らすサーチライト。

ジープに乗った兵士たちがライフルを手に狙いをさだめている。

ダンッという重々しい銃声が鳴り響く。

「当たったぞっ、追え！」

当たった？　黒豹に？　頭のなかに、あの男が銃で撃たれる光景がよぎった。

「そっちだ。建物の陰に逃げたぞ」

「血痕《けっこん》がある。追え！」

彼が怪我をしたと思った瞬間、胸の奥に強い痛みを感じ、立樹はガウンをはおって廊下に飛びだした。

人の気配はない。建物の陰というと、この建物なのだろうか？

あたりを見まわしたとき、廊下の先の非常口から、わずかではあるが、甘やかな薔薇の香りが漂ってくる。

あの男の香りだ。甘く官能的な薔薇の芳香。

それを頼りにシンとした廊下を進み、非常階段を下りかける。そのとき、皮膚の下に異様な熱が澱んでいることに気づき、立樹はとっさに階段の手すりにしがみついた。

「あ……っ」

どうしたのだろう、身体がおかしい。あの男に触れられたところの熱がおさまらない。こんなことは初めてだ。

立っているのもままならない。

がくんとひざを崩し、冷たいコンクリート製の手すりに頬《ほお》や首筋をこすりつけた。

少しでも冷たいものに触れることで、肌の下に湧いてくる異様な熱を抑えたかったのだ。

（つがいにするって言ってたけど……どうして）

くらくらとする。たしかなものが欲しい。なにかにぐちゃぐちゃにされたい。そんな奇妙な衝動が湧いてくる。

「う……く……」

黒豹がどうなったのか、あの男なのかどうか知りたいのに、もうこれ以上立ちあがって進めない。あきらめかけたものの、階段の下から漂う薔薇の香りがふっと濃密になり、立樹は顔をあげた。

『こっちだ、立樹』

またあの声。低く濃艶な男の声が脳の奥で響く。

近くにいる。あの男が。

ジン…と身体の奥がさらに熱く痺れたようになるのを感じながら、立樹は手すりにすがりながら、ふらふらとした足取りで一歩二歩と階段を下り始めた。

進めば進むほど、噎《む》せんばかりに甘い香りが強くなる。

馥郁とした香りを吸いこんでいくうちに、身体の芯がとろとろと火に焙られるような感覚に囚われる。

この香りが原因なのか。そう思いながらも、もっと欲しくて、もっとその香りを味わわずにはいられなくて、立樹は憑かれたように階段を下りていった。

一階の踊り場まできたとき、非常用のライトが描く影に大型の豹らしき四つ肢《あし》の獣のシルエットが見えた。

もしや、と思って震える足で歩を進めると、予想どおり、そこには黒装束の男が佇《たたず》んでいた。

「あ……っ」

今の影。たしかに豹だった。

だが目の前にいるのは、あの男。こうして見ると、影も自分と同じだ。

普通の人間の影。けれどさっき、見えた影は見間違いではない。

「あなたが……やっぱりあの黒豹なんですか？　俺に話しかけていたのもあなたですね」

いきなりではあったが、立樹はストレートに尋ねた。身体が苦しくて、別の言葉を選んでいる余裕はなかった。

「おまえをずっと待っていた」

「俺の質問に……答えてください」

しかし男は否定することも肯定することもなかった。その代わり、男のほうから問いかけてきた。

「どうした、身体が疼いてしょうがないのか？」

「……これは……あなたがおかしなことをしたから……」

「それが発情期ってやつだ。今のおまえは盛りのついたメス猫と同じなんだよ」

じん……と骨に響く低く艶のある声。じかに耳元で囁かれただけで肌が粟立ちそうな気がして鼓動が早まっていく。

「発情期って何ですか？」

「言葉のとおりだ。そのままだと他の牡を刺激し、誘ってしまう。発情を抑えたければ、私と寝るしかない」

意味がわからず目をみはった立樹を壁に押しつけると、男は唇を重ねてきた。とろりと口内に挿りこんでくる舌先。しっとりと熱を帯びた唇の感触。

「ん……っ……ふ……んんっ」

鼻腔に触れるやわらかな薔薇の香り。その匂いに誘発され、このまま一気に全神経が燃えあがってしまいそうな気配を感じる。

立樹はたまらず彼がはおっているアラブ服をわしづかみにした。

けれどくちづけをしているうちに、すぅっと身体が水に浮いたように楽になっていった。溜まっていた熱がじわじわと引いていく感覚だった。

それどころか甘い心地よさに包まれる。肉体の疼きを煽《あお》りながらも、一気に飢えが満たされる感覚だった。不思議なほど安心してしまう。

「あ……っ」

唇を離すと、男は目を眇め、立樹を見つめた。

宝石のように美しい紫がかった眸。けれどどこまでも無感情で、果たしてなにを考えているのか、どうしたいのか見当がつかない目をしている。

「これで少しは抑えられただろう」

たしかに彼の言うとおり、さっきよりは身体の疼きが抑えられている。まだ熱っぽさは残っているけれど。彼の手がそっと立樹の髪を撫でていく。表情や言葉とは裏腹の、ひどく優しい仕草だった。猫科の獣が仲間を舌で舐めるときのように。

「すぐに私のものにしたいが、今は無理だ。まだたしかめたいことがある。待ってろ、それまでその指輪を絶対にはずすな」

「意味がわからない……発情なんて言われても。だいいちあなたと寝るなんてどうしてそんなこと……一体、俺になにをしたんだ」

さっき、彼の口で達かされたとき、なにかおかしなことをされたに違いない。

「なにもしていない。おまえの本能を目覚めさせただけだ」

本能というのは何なのか問いかけようとしたとき、立樹は自分の手のひらが濡れていることに気づいた。非常灯の薄明かりでたしかめてみると、あきらかに血だった。

「怪我を？　やっぱりさっき撃たれたのって」

一体どこを怪我しているのだろう。今、触れたところといえば、腕か背中か。

「センターのやつらを安心させるため、わざと銃弾をかすめさせただけだ。私が手負いだと思うと油断するだろう。このくらい舐めておけばすぐに治る」

やはりこの男は黒豹だ。はっきりと確信した。

おそらく彼こそが寺本が捜している砂漠の帝王。人類史をくつがえす存在という。

「いいんですか……こんなところにいて……ここのセンターは……あなたを」

と言いかけ、言葉を止めた。

あなたを研究対象にしている人たちばかりなのに——と告げてどうするのか。

自分の父もその研究にたずさわっていたし、だいいちこれから寺本とともに立樹もその研究をするのに。そう、ここにいるのは自分の研究対象なのに。

こちらの考えが伝わったのか、男が静かに問いかけてくる。

「おまえも……あいつらと一緒で、黒豹を研究対象にしようと考えているのか」

黒豹とは……つまりこの男。

「……俺はまだ学生で……でもいずれは亡き父と同じように動物学者になろうと思っています。今も父の助手だった先生のお手伝いをするためにここにきていて……」

血のつながりがあるとはいえ、所詮《しょせん》、父は伯父だ。

養母とは完全に血のつながりはない。

看護師をしている彼女は、理想的な良き母、良き人格者であろうという信念があり、わけへだてなく立樹と朝春に接しようとしてくれた。

だからこそ心苦しかった。態度、言動は同じであっても、彼女の眸が朝春を見るそれと、立樹を見るものとでは違ったから。

だからいずれ仁科の財産は弟の朝春にと思っていた。

その代わり、せめて父と同じ学問の道を進みたかった。

そうすることで、少しでも家族とのつながりが欲しかったから。仕事での絆があるだけでもいいから。

それに父は立樹が特殊な子供だということもわかっていた。

動物の言葉が理解できるのなら、いつか彼の研究の役に立てるときがくる、そうすれば父にとって必要な存在でいられる。

家族にとって邪魔なだけの存在ではない。父もそのことをわかったうえで、いずれ立樹に仕事を手伝って欲しいと言っていた。

「つまり必要とあれば、おまえは私を実験動物にすることもあるということか」

ふっと男は目を眇めた。その表情がほんの少し淋しそうに見え、自分が彼を傷つけた気がして申しわけない気持ちが衝きあがってきた。

「俺はそんなふうには。ただ……ここのセンターは、野生動物とその生息環境との関係を調べるのが目的で創られたものだから」

「だから？」

「黒豹にとって危険じゃないとは言いきれなくて」

「危険はない。あいつらの目的ならわかっている。殺されることはないだろう。万が一、そんな状況に陥ったとしても、むざむざと殺されたりはしない。今回、ここにきたのは知りたいことがあったからだ」

「知りたいこと？」

「センターの人間がなにを望んでいるか」

「え……」

「でなければ、私が捕獲されるようなミスを犯すものか」

腕を組み、ふっと男は嘲笑った。

「では、わざと」

「逃げようとすればいつでも逃げられるが、まだここで調べたいことが残っている。だからここにとどまっただけだ。その前におまえの身体が気になって様子を見にきた」

目を細め、男は息がかかりそうなほどの至近距離で瞬きもせずに立樹を見つめ、ほおに手を伸ばしてきた。そして髪を掻きあげていく。

「……あの……」

これはこの男のくせなのだろうか。ひどく馴れ馴れしい。でも心地よかった。

そのせいか、せっかく鎮まっているのに肌が粟立ってくる。身体の底で燻っていた熾火がまたとろとろと燃えあがってきそうだ。

「あとで冷たい水を浴びろ。応急処置に過ぎないが、今ならまだそれで抑えられる」

立樹の身体の状態が手にとるようにわかるらしい。恥ずかしさに視線をずらした立樹のあごをつかみ、男は言葉を続けた。

「待っていろ。迎えに行く。だが今すぐは無理だ。まだ目的が果たせていない」

さっきから、本当に彼の言っていることの意味がよくわからない。

これでは、立樹が彼との関係を望んでいるようではないか。

それに、よくわからないのは彼だけではない。立樹自身、自分で自分のことがわからなくなってきている。

どうしてこの男とこんなふうに話をしているのか。

フナ広場で出会っただけのアラブ人がいきなり寝室に忍びこみ、さっきみたいな妖しい行為をしてきた——その事実だけでも、あり得ないほど驚いていいことなのに。

ましてやこの男が砂漠の帝王という黒豹の化身だとしたら、寺本にその事実をすぐに報告すべきかもしれないのに。

それなのに、まるでこの男の旧知の友——そうではなく、彼の言う「つがい」——そう、恋人のように、甘いキスをしたり、身体に触れられたりすることに悦びを感じている。

そんな自分が理解できないのに、どうしてこんなふうにして、見つめあって、普通に話をしているのだろう。

それが自然で、まるで当たり前のことのように。

(もしかすると、俺の誕生となにか関わりがあるんだろうか)

初めて会ったときから感じているなつかしさ。彼が自分を知っているかもしれないこと。

そして自分のもっている特殊な力。

「教えてください、あなたの目的を」

「このセンターをさぐることだと言っただろう。尤《もっと》もそれだけなら、部下をやってもよかったのだが……」

男は言葉を止め、また瞬きもせず立樹を見つめた。

「おまえをとりまいている世界にも興味があった。おまえがどんな世界で暮らし、なにを思って生きているのか。だから自分からここにきた」

無表情なのに、その声の響きはとても優しい。脳髄に甘く溶けこみ、全身をやわらかく包みこむような、慈しむような感じがする。

ずっとその声に包まれていたいと思ってしまうほど。だから怖くないのだということに気づいた。いきなり欲望を煽るような行為をされ、わけのわからないことを言われているのに。

「……興味って……やっぱりあなたは俺のことを知ってるんですね」

「ああ」

「教えてください、俺とあなたはどういう関係なんですか」

「いずれ時がきたらくわしく話をする。それまで絶対にその指輪を外すな。バクラヴァを食べながら、じっくり説明してやる」

「バクラヴァ?」

「そうだ、好きなんだろう?」

「え、ええ」

「次に会うときは、私に用意しろ、いいな」

尊大に命令すると、男はポンと立樹の肩を軽く叩き、くるりと背をむけて出口のドアを開けた。ぱぁっと勢いよく砂塵交じりの突風が入りこんできて、目が開けられない。

「待ってくださ……っ！」

追いかけようとしたが、風の勢いでバタンと鉄製のドアが閉ざされてしまう。重い音が非常階段に響きわたる。

「待っていろ、必ず迎えにくる。絶対に指輪をはずすな」

また男の声が脳の奥に響いた次の瞬間。

「いたぞ、ここだ、ここに黒豹が！」

警備兵の声とともに、ジリジリという警報が再びけたたましく鳴り響いた。

「逃がすな！」

「麻酔銃を撃て。大丈夫、怪我をしているようだ」

ドアのむこうから警備兵たちの声が聞こえてくる。

ガンっという麻酔銃の音が響きわたったそのとき、どさっと獣が倒れる音がした。

「……っ！」

とっさに立樹がドアを開けると、警備兵たちに捕獲されている黒豹の姿があった。

3　つがい

あの男は何者なんだろう。

本当に、黒豹の化身、砂漠の帝王と呼ばれる男なのだろうか。

『危険はない。あいつらの目的ならわかっている。殺されることはないだろう。万が一、そんな状況に陥ったとしても、むざむざと殺されたりはしない』

彼がそう言ったとおり、捕獲された黒豹が殺されることはなかった。

ただ、より厳重なシェルターのような場所に檻を移動したらしい。他の野生動物の保護施設からも離され、危険だということで近づくことはできないが、別の部屋のモニターでその様子を確認することはできた。

（……彼なんだろうか）

モニターを通じてその姿を見ていると、あの豹が人間に変化するなんて考えられない。

実際に変身する現場を見たこともないので確証はないにしても、昨日の言動から彼があの黒豹であることはまちがいないのだが。

『いずれ時がきたら――』

自分との関わりを教えてくれると言っていたが、その内容はどんなものなのか。

立樹は自分の指に嵌められたファティマの手を見つめた。

「朝からずっとモニター室に入り浸っているが、そんなにあの黒豹に興味があるのか」

後ろから寺本に声をかけられる。

「あ、はい……あんな綺麗な野生の黒豹を見るのは初めてなので」

「たしかに。さすが砂漠の帝王だ」

「まさかアラブの富豪に売ったりはしませんよね」

「当然だ。富豪のペットなんてとんでもない。あの黒豹の研究は、このあとアメリカ企業の施設で行われることになったからね」

「アメリカ企業？　ですがワシントン条約でもこの国の法律でも…」

「国外に出すんじゃない。アメリカのモサント社の施設がこの近くにあってね。そこに移動することにしたんだよ」

モサント社といえば、世界屈指のバイオ化学メーカーで、植物や動物の遺伝子組み換え技術で名高い。その一方、世界食糧計画を通し、この企業が南部アフリカに送りこんだ遺伝子組み換え食品でトラブルが発生していることもあって悪い噂も多い。

「……あの黒豹を実験動物にするんですか」

ふりむき、立樹は寺本を見あげた。

「実験……というか、貴重なサンプルの採取はしないとね。今は植物だけでなく、その遺伝子組み換えの技術を動物の分野にも生かそうという計画があるらしいから」

肩をすくめ、寺本が苦笑する。

「モサント社はブラック企業じゃないですか。そんなところにあの黒豹を送るなんて」

「そういう言い方はやめなさい。ブラックなんて決めつけるのはよくない。このセンターのスポンサーはモサント社なんだよ」

「でもここは野生動物と環境保護を目的とした研究施設なんじゃ……」

「そうだよ、もちろんここは野生動物の生態系のバランスと人間との共生を目的とした研究をするための施設だ」

「それなら、どうしてモサント社と……」

「スポンサーは必要だろう？ こちらは企業に有益なデータを送り、企業はその見返りに我々に資金援助する。そうした協力のおかげで野生動物の環境を護ることも、絶滅危惧種の種を増やすこともできるんだ」

たしかにそれはそうだが、モサント社は評判のよくない企業だ。

アフリカ南部では彼らの創った遺伝子組み換え食品で死者も出ているという。象牙《ぞうげ》海岸地域の熱帯生物圏への入植も問題となり、そこに生息する動物と人間との共生が破壊されつつあるという話をよく耳にする。

（そんな企業の支援がなければ……こうしたセンターは成り立たない……という話はよく耳

にするけど)

モサント社の施設に移動されることになったら、あの黒豹は逃げだすことがかなわなくなるのではないだろうか。

心配をしている立樹に、寺本はふっと困ったような顔で微笑し、ポンと肩を叩いてきた。

「黒豹のことはさておき……きみに大事な話があるんだ。血液検査の結果が出た。それで呼びにきたんだよ。奥の研究室にきなさい」

「はい」

血液検査の結果。改まった口調で言われると不安になる。やはりなにか普通と違う結果が出たのではないだろうか、と。

寺本に連れられ、モニター室の真下にある研究室へとむかった。

黒豹を確認することができるモニター、使い捨て《ディスポーザブル》シーツがかけられた動物用の診察台、立ち入り禁止の厳重な警備がなされた奥の部屋には保護された野生動物たちのゲージ——ドアを開けた瞬間、多くの動物たちの鳴き声とは裏腹に、薬品臭の充満する無機質でひんやりとした空気が立樹を包みこむ。

ここは生前に父が使用していた施設らしい。

モダンでシンプルなブラインドのかかった研究室になっていた。

研究室には助手としてここで働いている現地出身のシドという男性職員がいた。漆黒の肌の、がっしりとした体軀の三十半ばの男性で、十年近く父のチームで働いてきたらしい。

「きみの重要な話をするので、彼以外は人払いしてあるんだ。シドは日本語がわからないし、わかったとしても、我々に忠実なので大丈夫だ。仁科教授とこの国の政府とセンターとの橋渡しをしてきた職員だからね」

そういえば、父から聞いたことがある。現地で、優秀な職員を採用したと。きっと彼のことなのだろう。

「立樹くん……そういえば、この前、二十歳になったんだよね」

立樹の血液検査のデータを眺めながら、白衣をはおった寺本が問いかけてくる。

「はい、つい先日」

「そのあと誰かと性交渉したことはあるのか?」

唐突な言葉に立樹は耳を疑った。

どうしてそんなことを。とまどいかけたが、なにかのウイルスでも検出されたのだろうかと思い直し、立樹はまじめな顔で返事をした。

「いえ、身におぼえはありません。まさかＨＩＶか、なにかＳＴＤ（性行為感染症）系のウイルスでも発見されたんですか?」

寺本は笑顔で言った。

「いや、そういう心配はない。今のところすべて陰性だったから」

「は、はい」

立樹はいぶかしげに寺本を見た。

「……この前の検査の結果だけど、ＳＴＤとかそういうものなんて比べものにならないほどの、おもしろいデータが出てね。立樹くん、なにを聞いても驚かないでくれよ」

寺本はもったいぶった言い方で説明を始めた。

「きみ、何とＤＮＡが普通の人間とは違うんだ。別の種なんだよ」

「え……」

今、何て――。

「父親の血のせいだろうね。きみの父親の一族は……紀元前から他の一族とまったく交わらないできた特殊な一族だ。今はこの地にしかいない。きみの遺伝子にもその一族特有の遺伝子が加わっているようだ」

立樹は目を見ひらいたまま硬直した。

（父の血……一族……それが俺が普通とは違う原因。たしかに隔離された環境だと進化の過程での違いが出ても不思議はない。けれどだからといって、人間とは別の種だなんて。その意味がわからない）

一体、どんなものなのか知りたい。たとえ驚くような結果であったとしても、自分のアイデンティティを確立することができるのなら。

「データを見せていただけますか。自分の目でたしかめさせてください」

立樹は息を吸いこみ、覚悟を決めて寺本に問いかけた。

「ショックをうけるかもしれないよ」

「それが事実なら受け入れるしかありませんから」

不思議と落ちついていた。すべてを知りたいという気持ちのほうが強かったせいだろう。

『立樹くんは、普通と違うから』

日本にいたとき、ずっと自分の異質さを隠して生きてきた。

仁科の父だけがそのことを理解し、仕事の役に立てて欲しいと言ってくれ、自分の生きる道は動物学者しかないと思ってきた。

もちろん、そのなかには、家族とつながりを持ちたかったというのもあるが、自分の異質さを生かしたいという理由もある。そしていつの日か生まれ故郷のモロッコに行って、そこで父の仕事の手伝いができたらと思っていた。

父が亡くなったあとも、その決意は変わっていない。だからここで寺本の仕事を手伝おうと思ってやってきた。

そしてあの男と出会って、自分と関わりがあるというところまで知った。あの男が黒豹に変身できる不思議な人間であることも。砂漠の帝王と呼ばれている新種の生物と大きく関係があることも。

それだけでも十分に驚くようなことなのに、今さらなににショックを受けるというのか。

「わかった、じゃあ、これを」

寺本は血液検査の結果と一緒に父が集めていたパソコンのデータも見せてくれた。

血液検査では、あきらかに人間とは違うＤＮＡ型が刻まれていた。

パソコンのなかには立樹の日々の暮らしの様子が実験動物Ａという形で記録されていた。

医師である養母方の伯父も協力する形で。

身長、体重を始めとするバイタルサインや血液の組成。それから成長していく過程で、人間と異質な部分はあるかどうかということ。これが父が集めていた研究データ。

父はもしかすると、自分を完全な実験動物として見ていたのだろうか。ふとそんな疑問が湧いてくる。

しかしこれまで過ごしてきた日々を思い返し、その疑念をふりはらう。

『立樹、豹やライオンの声が聞こえるなんて、他の人の前で口にしたらダメだよ。それは父さんと立樹の秘密だ。いつか父さんの仕事に役立つ』

父の優しい言葉。秘密。それがあったからこそ、本当の息子ではない劣等感や家族のなかでの疎外感を払拭することができた。

「意外と冷静だね。もっとショックをうけるかと思っていたけど」

ショックはショックだ。けれどこれが事実なら驚いているよりも、自分が何者なのかきちんと知ったうえで受け入れていかなければどうしようもない。

猫科の動物の言葉が聞こえるということ以外、普通に社会で生きていくうえで、別に困ったこともなかったし、この力を野生動物の保護活動に役立てられれば。

そうやって頭のなかで整理しながらデータを見ているうちに、立樹は自分の染色体が普通の哺乳類《ほにゅうるい》とも違うことに気づいた。

「あの……これって」

「ああ、きみは発情したら……もう終わりだから」

「え……」

「交尾をしないと死ぬ」

その衝撃的な言葉に思わず立樹は立ちあがっていた。

「死ぬって?」

「きみのは父親は、人間と豹のDNAをもった一族の帝王だった。彼らは成人し、最初に発情した相手を生涯のつがいとする一族で、人間と豹の遺伝子をあわせもっているんだ。帝王以外は発情のたび、豹に変化する。昔からよく映画や小説のモチーフにされているだろう。尤も、だいぶ拡大解釈され、まったく別ものにされているが」

これが現段階でわかっていることだと、寺本はパソコンの画面を示してくれた。

彼らのＤＮＡ、それからその生態。生まれたとき、彼らに性別はない。成長し、発情期を迎えたときにそれぞれの身体が勝手に性を選択する。

そうして人間として性行為をしたあと、つがい同士、豹に身体が変化し、発情期の大型肉食獣のように何度も性行為をくりかえす。

豹と同じように九十日から百五日ほどで子供が誕生するらしい。

その後、人間としてどう生きていくのか、どう子育てしているのか、そのへんは解明されていない。ただし、その一族と人間の間に生まれた子供は生殖能力がなく、一代限りの変種だろうと思われている。そこまで調べたが、データ焼失のため、証明不可能とか。

「砂漠の帝王という未知の生き物――きみは彼らの血をひいているんだ」

「だとしたらどうなるのですか」

「きみの一族はね、一度でも肉体的な快楽をおぼえてしまうと、ある一定の周期で強烈な飢餓感に襲われ、身体が快楽を求めずにはいられなくなってしまう。生殖行為をしないと耐えられないほど。その果てにあるのは死だ」

「どういう意味ですか」

「つがいとセックスしなければ死ぬ。今、わかっているのはそれだけだ」

「まさか……」

「おそらく性的な衝動を解放させないと、発情の強さに肉体がついていかないんだろう。あくまで、これまでの調査や史実から判断した私的見解……つまりぼくの仮説だけど」

そこまで言うと、寺本は呆然としている立樹を見つめたまま、シドに声をかけた。

「シド、彼を」

寺本はこれまでになく冷徹に命令した。

「え……っ」

シドは立樹の腕をつかみ、後ろからはがい締めにする。目の前に立ちはだかり、寺本はくいっと立樹の指から指輪を抜きとった。

「それは……っ！」

「これはあずかっておく。実験の邪魔になるからね」

衣服をはだけられ、実験台のようなベッドに横たわらされて、首と手首を固定される。かろうじて下半身だけを自由に動かせるのだが。

「……っ……どうして……実験だなんて……なにを。寺本さん……」

「未知の生き物として、人類に貢献してくれ」

「え……」

「Memento mori……ラテン語で、死を思え――きみたちの祖先の碑文に刻まれていたと仁科教授が話していたが、その歴史は、古代にさかのぼる。砂漠の帝王の祖先だ」

「砂漠の帝王……この前おっしゃっていた黒豹の……」

「きみの父親がそうだった」

「――っ……その末裔《まつえい》が……俺……なのですか」

立樹はおそるおそる尋ねた。

「そうだ。それからきみと同じ父を持ったあの黒豹」

寺本から出てきた言葉に、立樹は大きく目をみはった。

「俺とあの黒豹が……兄弟なんですか」

「そう、きみは黒豹の異母弟だ。腹違いの兄弟にあたる」

「――――っ！」

驚きのあまり、声も出なかった。黒豹の男と自分とが異母兄弟だなんて。

「そう、きみたちは大事なサンプルだ」

サンプルという寺本の言葉に、立樹ははっと我にかえった。

彼と自分が異母兄弟という事実。今はそれに驚いて、動揺している場合ではない。寺本とモサント社が自分とあの黒豹をどうする気なのか、まずはそれをたしかめないと。

（冷静に……冷静になるんだ、彼の目的を訊きだし、どうすればいいのかをきっちり考えるんだ、いいな、立樹）

そう自分に言い聞かせ、立樹は落ちついた声で問いかけた。

「一体、俺と黒豹をどうするつもりなんですか。サンプルということは、俺たちのクローンでも創るつもりなんですか？」

「クローン？　それも考えたが、我々の目的はもっと高度なものだ」

「高度？」

「生命を誕生させる。きみとあの黒豹との子を。新たな未知の人類を創りだす。モサント社が全面的にバックアップしてくれているからね」

「え……っ」

「科学の力によって、きみたちの子孫を創るんだ。おまえたちは生贄になるんだよ、この人類社会のための」

「許されないことじゃないですか。人工的に新たな種を創るなんて」

「神の摂理に反しているとでもいうのか？　新たなアダムとイブになれるんだ、感謝しろ」

人を喰ったように言う寺本を、立樹は鋭利な眼差しでにらみつけた。

こんな人だったなんて――。

「やり方は簡単だよ。人工授精をさせるだけだからね」

「バカな……」

本当にそんなことを行おうとしているのか。いや、それ以前に、立樹と黒豹は、どちらもオスだ。オス同士、どうやって人工授精をさせるというのか。

「ということで、今からおまえを欲情させ、サンプルを採取する」

寺本は立樹の片脚を腕にかけると、性器に手を伸ばしてきた。

「さすがに小ぶりだな。きみはまだオスにもメスにも定まっていない。だからそんな外見なんだよ。まだ発育しきっていない少年とも少女ともいえる風情。二十歳になっても男らしさの欠片もない。尤もきみだけではなく、一族の殆どが両性具有的な美しさ、性別を判別しづらい美しい容姿をしているらしいが」

彼はなにか勘違いしている。オスにもメスにも定まっていないなんてことはあり得ない。

立樹の肉体には、生まれたときから男性としての生殖器がついている。

たしかに発育は遅いほうだし、これまで誰かと性行為をしたこともないし、女性相手に欲情したこともないが、この前の夜、あの黒豹の男に触れられたとたん、あられもなく射精してしまった。あきらかに自分は男性だ。

「今から発情させ、その身体をメス化させる」

寺本は立樹の下肢に手を伸ばした。そしてまだ何の兆しも見せていない性器を陰嚢《いんのう》ごと手のひらで包みこむ。

「や……なにを！」

「これを切りとる。その後、発情させれば、徐々におまえの身体は女性へと変化する」

何という恐ろしいことを言うのか。

立樹は血の気がひくのを感じた。

「大丈夫、麻酔を打つ。苦痛はないよ」

「やめてください、俺は男性です。そこに生殖器があるということは男性であるという証拠ではありませんか！」

「普通の人間だったらな。だけどきみは違うだろう？　きみたちのなかには、時折、外見的にオスとメスの区別があるように見えても、二十歳までは両性の遺伝子を持った者が生まれる。その者は二十歳になったときに、つがいに合わせて自由に性を選択できるんだ」

「自由に……」

「砂漠で生き残っていくため、弱肉強食の世で自分たちの遺伝子を遺すための変化……とでもいうのか。動物の世界というのは、実によくできている。感動するよね」

「よく？」

「出産のときだけ豹に変身したり、生殖の相手に合わせて自由に性を選択したり……うらやましい生き物だよ、きみたちは」

その物言い……。寺本にとって自分は、完全に実験動物、そう、サンプルでしかないのだと改めて思い知らされる。

(ずっと自分はなにかが違う、変だと疎外感と孤独をおぼえてきた。だけどこんな気持ちは初めてだ。悔しい。それからどうしようもなく哀しい)

その感情は自分が別の種だということに対してではない。ずっとこの男を信じ、同じ道の先輩だと思って慕い、のこのことこんなところまできたことに対して。

彼は最初からそうするつもりで、立樹をモロッコに呼んだのだ。

「この前、採取した血液サンプルを調べたところ、きみのＤＮＡもそうだった。性別がはっきりとしていないんだよ」

「では、そのために俺の血液を……検査は実験目的だったのですか」

「当然じゃないか」

満足そうに言う寺本。眼鏡のむこうの酷薄そうな眼差しを見ていると、無性に腹立たしくなってくる。

この男の言いなりにされてたまるか。絶対に思いどおりになどさせない。サンプルにされてたまるか。

身体の奥から力がみなぎってくる。怒りと同時に、自由への渇望とでもいうのか、こんなことに負けたくないという気持ちが湧いてくる。自分にこんな強さがあったとは。もしかすると、自由にサバンナを生きる豹の血をひいているせいだろうか。

この男への憤りと、何としてもすきをついて逃げなければという気持ちがこみあげてきた。

しかしそのとき、突然、寺本に腕をつかまれる。

その手には小さな注射器。すでになにかの薬剤が入っている。

「やめ……っ」

必死に身体をよじって彼の手をはらおうとする。けれど手と首を固定されているため、身動きをとることができない。

立樹はぎゅっと手のひらをにぎりしめた。ぷつりと左腕に注射針を突き刺される。

「う……っ」

「心配するな。これはただの性ホルモン剤だ。性欲を増進させるための。このあと経口部に性欲を亢進《こうしん》させる催淫剤を埋めこむ。一気にきみを発情させるために」

寺本に足を広げられ、体内になにか薬のようなものを埋めこまれていく。

「いやだ……や……」

「よし、奥まで挿ったな。すぐに発情するぞ」

粘膜の奥へとねじこまれたカプセルのようなものがプチンとはじける。

「……あぁっ……っ」

どっと薬物が体内で溶けるのがわかった。じわじわと熱を孕んだようになり、性器までもが形を変え始めた。寺本は眉をひそめた。

「——っ！　男に変化している。誰かと寝たのか？」

「え……」

「検査の結果では、おまえはまだ無性だった。それなのにどうして」

「……っ」

思い当たることがあるとすれば、あの夜、黒豹の男に達かされた。それ以外、性的なことはなにもしていない。

(発情がどうのと言っていたが……あの男は……まさかこうなることを予見して？)

立樹ははっとした。

男としての生を選択させた。男としての快楽をおぼえさせた。

(では……俺はもうすでに)

もはや無性の人間ではない。もうすでにこの身体は男としての性を選択している？

「寺本さん、残念ながら……俺は男性としての生を選択してしまったようです」

「何だって、仁科教授が二十年かけて調べてきた生物がようやく成人したこのときに……なんてことだ」

忌々《いまいま》しそうに寺本が壁を叩く。

生物——父もそういう目で自分を見ていたのだろうか。この二十年間の日々は研究のためだったのだろうか？

いや、違う。父は違うと信じたい。父は大切に育ててくれた。

「相手は誰だ。まさかあの黒豹か」

「……」

立樹の表情でわかったのだろう、寺本は舌打ちした。

「そうか。そういうことか。あの豹の野郎、脱走したときに……」

寺本はちらりと壁際の鏡を一瞥《いちべつ》したあと、意を決したように眼鏡のフレームをあげた。

「では、もうひとつの研究結果を。快感をおぼえたら、豹に変身するという言い伝えが本当なのかどうか。今、それを証明する」

寺本が立樹の性器を手で弄びながら、体内で指を蠢かせる。

こんなことをされて、本当に自分が豹に変化するのか？　この前は何の変化もしないまま、あの男の口内で達してしまったのだが、今日は違うのだろうか。

「く……っ」

寺本が触れている内側がどんどん熱くなって奇妙な絶頂の波に襲われる。

いやだ、このまま豹になるなんて。

怖い。それだけは怖い。

「あ……ああっ……ああっ！」

凄絶な快感に気がどうにかなりそうだ。どろどろとした情欲の海に身も心もなにもかも溶けそうになっていく。

どうしよう、自分というものがなくなっていく。このまま変化してしまうのか——？

「うっ、あぁ」

「もう限界のはずだ、早く変身しろ。シド、しっかり録画するんだぞ。あとはモサント社の研究所への動画の中継を忘れるな。それから鏡の前から見やすいようにライトを強くしろ」

寺本の手にはビデオカメラ。彼に指示され、シドがそれをパソコンのキャプチャーにとりこむ準備を始めたあと、診療台のライトが調節されていく。

明々とライトに照らしだされていく自分の肉体。

研究室の鏡のむこうに、大勢の男の気配を感じる。

聴覚か嗅覚が鋭敏になったのかわからないが、そこに男たちがいるのがはっきりとわかる。

鏡のむこうに小部屋があり、じっと鏡ごしに立樹の実験の様子を見ているのだ。

あんなところから眺められているなんて——。

得体の知れない恐怖を感じ、早鐘のように鼓動が打つ。それなのに身体が疼いて仕方がない。血がざわめき、熱い本流が脳髄まで衝きあがってきそうだ。

ダメだ、このままだとこの前のように射精してしまう。

そうなったら、豹になってしまうかもしれない。そんな姿にはなりたくない。たとえ豹になるのだとしても、寺本たちの目の前で変身したくない。

だからなにがあっても耐えなければ。

そうだ、負けない、こんなことに負けたくない。何としてもこの苦痛を乗り越え、あの黒豹を助けて、センターから逃げる。その目的のためにがんばりたい。

必死になってこらえながら、立樹は寺本に憤りの目をむけた。しかしその目を見て、寺本が嬉々とした表情を浮かべる。

「よし、変身し始めた。目の色が紫色になったぞ。わずかだが牙も出てきた」

目の色と牙が——?

自分ではわからない。けれどそんな変化が出ているのだろうか。

「待て、どういうわけだ、どんなに欲望を煽っても、これ以上何の変化もしない。もっと強烈な薬物が必要なのか。仕方ない、もうひとつカプセルを増やす。シド、薬を——」

寺本がシドに命じたそのときだった。

シドがそこにあった催淫剤のカプセルを床に投げ捨て、靴で踏みつぶした。

「な、なにをしている、どうしたんだ、シド」

「時間がきました。私の主人がやってまいります」

そう言うと、突然、シドは胸元から銃をとりだし、銃口を天井にむけた。

「シドっ!?」

スプリンクラーのヘッドにむけ、引き金にかけた指を彼が絞った瞬間、爆発音とともに火災警報器のけたたましい音が静寂を切り裂く。

一斉に水が飛び散り始めた。隣室では動物たちがゲージのなかでバタバタと暴れまわり、鳴き声や咆哮《ほうこう》をあげている。鏡のむこうにいた男たちがあわてた様子で廊下に飛び出していくのがわかった。

「シドっ、なにをしている、一体なにを撃ってるんだっ！　データが、大事なデータが壊れてしまうじゃないかっ！」

寺本が叫び声をあげ、スプリンクラーのスイッチを止めるように命ずる。

だが研究室に再び爆音が響きわたり、カタカタとまわりの書棚が音を立てて揺れだした。

何度目かの轟音とともに部屋の中央の柱にひびが入ったかと思うと、次々と棚が倒れていく。

パリパリと音を立てて窓ガラスが一斉に割れ、水浸しになった機械が次々と書棚の下敷きになっていく。

「く……っ大事なデータがっ！」

やがて点滅していた蛍光灯が消え、一瞬、室内が闇に包まれた。

しかし次いで割れた窓から、月の光が入りこんでくる。

青白い空間。窓辺をゆらりと大柄な肉食獣のシルエットがよぎっていく。

（あれは……っ）

とっさに寺本が携帯電話の明かりをむける。小さな光が浮かびあがらせたのは、黒衣をまとって佇んでいる長身の男——彼だった。

シドが近づき、うやうやしく彼の前にひざをつき、足先にくちづけする。

「ご安心くださいませ。データはすべて破壊しました。それから頼まれていた件も」

「どうして……シド……おまえ……十年以上も仁科教授の秘書をつとめていたくせに……まさか黒豹の一族のスパイだったのか」

呆然とする寺本に、シドが「ええ」とうなずく。そして隣室に移動し、実験用に捕らえられていた獣たちを一斉に逃がし始めた。

夜の風が黒いアラブ服をはためかせる。男はしなやかに窓から飛び降り、立樹がつながれている診察台に近づいてくる。

そして腰から三日月刀を抜きとり、立樹を拘束していたベルトをサッと切った。

「待たせたな、迎えにきた」

男が立樹の身体を抱きあげようとしたそのとき、寺本がとっさに手を伸ばした。

「待て、そいつはぼくのものだ！」

次の瞬間、男は無表情のまま、何のためらいもなく刀を振りあげた。それこそ目の前の虫をふりはらうほどの迷いのなさで。あざやかに刀が弧を描いた瞬間、

「ひっ！」

骨を斬る音が響く。血しぶきが飛び散り、診察台や壁が真っ赤に染まっていく。ボトンと二の腕から先が床に落下し、寺本が苦悶の表情でのたうつ。

ひーっ、ひーっという、いたたまれないほどの絶叫。二の腕の切断部を押さえた指のすき

まから、どくどくと血があふれていく。

「寺本さん、誰か、誰か医者を！」

立樹はとっさに寺本の腕を止血しようとしたが、ぐらぐらと床が大きく揺れ、嵐の海原を彷徨っているように立っているのもままならない。

けたたましいサイレンが鳴り響く。

「一階で爆弾を爆発させた。早く逃げないと建物が崩れるぞ」

ひび割れた柱や残っていた窓ガラスだけでなく、壁や床にもメリメリと亀裂が走り、あちこちで爆発音が響いた。

窓から吹きこんできた火の粉が頭上へと舞いあがり、くるくると渦を描き、激しい焔が火柱となって建物を崩していく。

「立樹を保護する。シド、あとは任せた」

煙を吸ったせいか、意識が遠ざかりそうになる。男はふらふらとした立樹の身体を抱きあげると、ふわりと軽やかに窓から地面へと飛び下りた。

意識を手放しかけたそのとき、立樹を抱いたまま、男が停めてあったジープに乗りこむのがわかった。

4　兄と弟

「ん……」

少しずつ意識が覚醒していく。

いつのまにか立樹は垂れ幕のかかった大きな円形のテントのなかにいた。

部屋の中央の寝台に横たわったまま、うっすらと目を開ける。

そこには誰もいない。

一体ここはどこなのだろう。遊牧民かなにかのテントに似ている。

赤や青といったランプが灯り、寝台には細やかな刺繍がほどこされたクッション、テント内には同じような模様の絨毯が敷かれ、そこにもクッションが並べられている。

寝台の傍らには歩きやすそうな革製のモロッコ風サンダル《バブーシュ》。

それから幾何学模様が細工された座卓、真鍮製の水差し、グラス、果物を並べた器。

遊牧民の居住用のテントというよりは、ガイドブックかなにかで見た、旅人用のホテルか別荘のようだった。

外では火が焚かれているのだろうか、幕のむこうに映っている人影もゆらゆらと揺れている。

あれは誰なんだろう。あの黒衣の男だろうか。

どうして自分はこんな所にいるのか。たしか寺本から恐ろしい話を聞かされて。

(豹に変身する人間の子孫……性別も選べる未知の遺伝子を持つ砂漠の帝王の末裔……黒豹の異母弟)

本当なのだろうか。あれは全部自分の見た夢だった気がする。

(そうだ、俺が黒豹の異母弟だったり、黒豹が人間に変身したりするなんて……変なファンタジー映画みたいじゃないか。きっと夢だ)

立樹は半身を起こし、寝台から下りかけた。だが力が入らずそのままガクンと絨毯のうえにひざから落ちてしまう。

「……っ」

そのとき、あれは夢ではなかったというのがはっきりとわかった。寺本に薬物を入れられた箇所がどうにも熱くてしょうがないからだ。

「あ……っ」

苦しい。身体が熱い。むず痒くてどうしようもない。

シーツをわしづかみにして、懸命に疼きに耐えようとしたそのとき、垂れ幕のむこうから誰かがこちらをうかがっている気配に気づき、立樹は息を殺した。

人ではない、野生の肉食獣。黒豹だと思ったが、現れたのは人間——あの男だった。

吹きぬける風によってできたすきまから月の光が入りこみ、テント内は蒼白い靄《もや》がかかったようになっている。

「目を覚ましたのか」

低い声がテントのなかに満ちる。

月の光を浴びた男の姿が暗闇に浮かびあがり、その長身の影が絨毯を黒に染めていく。

（この男が俺の異母兄？　本当に黒豹の化身なのか？）

改めてこうして見ると、威圧的な空気に呑まれ息を詰めてしまう。

「自己紹介がまだだったな。ここでなら安心して話ができる」

男はカフィーヤをとりさって立樹を見下ろした。

夜の闇のようなさらりとした美しい黒髪が彼の額に落ちていく。

前髪は長めだが、襟足は長くない。鋭く切れあがった目尻。その眸は光を吸うことで、黒からあの美しい紫色に煌めくことに気づいた。

「私の名はカイル。砂漠の帝王と呼ばれている」

やはり彼が砂漠の帝王……。訊きたいことがたくさんある。まだ少し疼きを感じていたが、さっきよりは落ちついている。どうにか話ができそうだ。

「あなたは……あの黒豹なんですか」

この前と違って、まわりに誰もいない安心感からか、男は何の躊躇《ちゅうちょ》もなくうなずいた。

「ああ」

やはりそうだったのか。立樹は息を吞み、ふるりと身体を震わせた。

「怖いのか?」

怖いといえば怖い。けれど事実は事実だ。それをはっきり知ることのほうが大事だと己に言い聞かせる。なにより彼の目には透きとおるような純美な光を感じる。少なくとも、寺本よりもずっと実がある。

「怖いです。未知なるものへの畏怖として。だけどそれ以上に知らないことのほうが不安でした。これまでは自分のアイデンティティがなかったから。だからここにきて、きちんと真実が知れてよかったです」

きっぱりと言い切る立樹を、カイルは恐ろしいほど澄んだ目で見ている。

「それはなによりだ。他に知りたいことはあるか?」

「あの……あなたは自由に人間になったり豹になったりできるのですか。寺本さんは、あなたたちは生殖行為のあと、変身すると言ってましたが」

「個体によって違う。たいていの者は、寺本が言っていたように、生殖行為のあと、いったん豹に変化する。砂漠の奥地で子供を産み、種を存続させるためには、豹になっているほうが安全だ。人間ではすぐに別の肉食獣に殺される」

たしかに人間の赤ん坊よりも豹のほうが危険から身を守り、子育てすることができるだろう。

「だが、私はそのどちらでもない」

立樹は小首をかしげた。

「帝王の遺伝子をもった者……つまり神に選ばれし者は、最初からオスとして誕生し、自分の望みのまま、好きなときに黒豹にも人間にも自由に変化することができる」

「では……あなたはどちらの姿にもなれるのですか。今もすぐに」

「ああ」

自由に黒豹に変身できる——そんな人間がいるのだとしたら、研究者たちが新しい種の発見として夢中になって追うのも仕方ないのかもしれない。

「あのセンターには、わざと捕獲されてやった。モサント社の思惑も知りたかったし、仁科のデータを破壊させる必要もあった。尤もそのへんはシドだけでも十分だったが……」

そこまで言うと、カイルは立樹のあごに手を伸ばしてきた。そして手のひらで包みこむようにして顔をあげさせ、じっと眸を見据えてきた。

「わざと捕まったのは、おまえを危険から護るためだ。よかった、無事で」

「では突然、俺にあんなことをしたのは……彼らの実験を失敗させるためですか?」

「当然だ」

「俺はもう男なんですね」

「そうだ。モサント社はおまえをメス化させ、その後、私から精子を採取して人工授精させて、新しい種を創るつもりだったらしいが……あてがはずれたようだな。オス同士では人工授精など不可能だ」

カイルは悠然とした笑みを浮かべた。

「そのために俺を男にしたんですね……」

「別にそのためというわけではない」

「では……」

「オスとして生きたほうがいいと判断したからだ」

「どうして」

「メスになりたかったのか？」

片眉をあげて問いかけられ、立樹はあわてて首を左右に振った。

「まさか。俺はずっと男として生きてきました。それ以外の生き方は考えられません」

「だからだ」

「え……」

「おまえが楽に生きられるほうがいいだろう？」

「それはそうですが」

「だから、オスとしての性を選択すべきだと思った。もともと肉体的にもオスとして成長し、心もその方向にむかっているのだから」

不思議な男だと思った。教会や寺院にいる修道者のような達観した静けさを感じる。

そのせいか、さっきから耳にしているのは信じられない情報ばかりなのに、現実のこととして、何の疑いもなく自然と受け入れている自分がいた。

「尤も、私もつがう相手はオスがいいと思っていたので、ちょうどよかったわけだが」

「ゲイなんですか？」

「ゲイ？　私の世界ではそのような定義はない。オス同士であろうと、メス同士であろうと、本能的な部分で求めあう者同士が運命の相手。互いの匂いに惹かれあい、求めずにはいられない相手とペアになる」

その理屈はわかる。けれど普通は「つがい」には異性を、つまり女性を望むものではないだろうか。帝王として子孫を残す義務があると思うのだが。

（だからといって、俺が女性になって、彼の子供を産むなんて……想像もつかないし、男という生き方しか考えられないけど）

あれこれ考え、これまで聞いた情報を整理しようとしたそのとき、さっきからずっと感じている体内の疼きが少しずつ耐えがたいものに変化してきていることに気づかされた。

目覚めたときから、じんわりと粘膜の間で燻っていた熱。それが再び熱くなり、立樹の身体をまた情欲の嵐のなかに呑みこもうとしている。

「う……っ」

ダメだ。よくわからないけれど、身体の内側がとろとろになって、またあの射精をするときと似たような状態になっている。

「どうした……」

「いえ……あの……寺本さんに二種類も薬物を……」

「あの男はおまえをメスにして、人工授精した種を孕ませ、私の子を産ませて実験動物にしようと考えていたようだ」

「そういえば……快感をおぼえて達したら……俺も豹になるって」

本当だろうか。本当に豹に変身してしまうのだろうか。怖いことがあるとしたらそれだ。さすがにそんなふうに知らないものに変わってしまうのは怖い。

だが立樹の不安をカイルはあっさりと否定した。

「それはない」

「……っ……本当に？」

「おまえは不完全な雑種だ。一代かぎりの変種に、変身能力はない」

カイルは立樹のあごに手をかけた。

「……人間としての遺伝子が強すぎる。そのため個体としての生命力が弱く、不完全なままだ。かつて人間との間にできた子供が何人かいたが、みんな一代限り。一族の者の妻となっても、すべて初夜に死んでしまった。つまり性行為のあとに……命を落としている」

「死んで――」

「絶頂を迎えても身体が変化することはない。豹に変化できず、性行為の絶頂後、命が尽きてしまう。アラビアンナイトのもとになった話だ」

アラビアンナイト――?

知っている。その話なら。

皇帝のハーレムに行く女性が夜伽《よとぎ》のあと、毎夜、殺されたという話だ。だが最後に彼の妻になったシェヘラザードという女性だけが殺されなかった……と。

「皇帝の寝室で毎夜のように女性が殺されたというペルシアの伝説……あの当時、我々の祖先はペルシアという国を支配していた。当時の皇帝たちは、すべて黒豹に変化できる身体をそなえていた」

「では……俺もこのまま……死ぬんですか」

「それはない。この前、私の口で達したあともそうやって生きているではないか」

「あ……」

「シェヘラザードは、実は帝王の異母弟……人間との間にできた母親違いの弟だった……といえばわかるな」

立樹は癖のない前髪のすきまからカイルを仰ぎ見た。紫がかった闇色の眸を眇め、カイルはじっと立樹を見下ろした。

「あの伝説のように、おまえが私のつがいになれば死なずに済む。シェヘラザードが一夜を千夜とし、千夜を永遠のものとしたように」

「つがいって……異母兄弟なのに」

「母親の遺伝子が違う。兄弟といっても、おまえは私のどの一族よりも遠い存在だ」

「でも……俺には……あなたは……肉親だ」

「そんな分析は……その身体の熱を冷ましてから冷静に考えろ。私が助けないかぎり、永遠にその状態が続くぞ」

「え……」

男の手が立樹の腰に巻かれていた紐をほどく。はらりとガウンがひらき、足の間に大きな手が入りこんできた。

「ずいぶん濃厚な薬物を使用したようだな。執念深そうな男だったが、実験のために発情させるにしてもやりすぎだ。腕一本では足りないくらいだ」

「腕って……そういえば、寺本さんの腕……」

「他人の心配をする余裕などないだろう。こんな状態にさせられたというのに」

カイルはすでに形を変えている立樹の陰茎をさっと手のひらで包んだ。それだけでぴくぴくと震え、先端から透明な蜜が漏れ出てくる。

「ん……っ」

親指の先でぬるぬると亀頭の割れ目をこすられとたん、今にもはじけそうなほど大きく性器が反りかえる。

「あうっ！」

心臓が飛びでそうだ。それに前のほうに触れられているだけなのに、どういうわけか薬を入れられた後ろのほうにも信じられないほどの疼きを感じた。

妖しい生き物のように粘膜が蠢き、ひくひくと蠕動している。耐えきれず、立樹は腰をよじらせた。

「あ……あぁっ……あ……はぁ」

息があがっていくのを止められない。得体の知れないものが這いまわっているようなむず痒さにどうにかなってしまいそうだ。

いっそ自分の指でそこを開き、掻きむしりたい衝動とでもいうのか。

ずくずくと下肢に熱が溜まり、立樹は眉を寄せ、息を殺し、自分の身体を襲ってくる異様な体感に懸命に耐えようとした。

「何で……こんな……」

「じっと捕まってろ。たしかめる」

立樹の腕を自分の首にかけさせ、抱きかかえながら腰をうかさせる。

カイルはそのまま立樹の臀部を手のひらで包みこむように撫でたあと、双丘を割って後孔に指先をすべらせてきた。

「あっ、そこ……いやだ……っ」

はっとしたそのとき、後ろの肉の環をひんやりとした指先がなぞっていった。どくんと心臓が大きく鳴る。つぷりと肉を割って骨張った指先が体内に挿りこんできた。

彼の態度と同じように尊大ではあったが、優雅な動きだった。

そっと粘膜を揉みしだくようにまさぐられるうちに、じわじわと全身が汗ばんでくる。弄《いじ》られている箇所には焔が噴きあがるような熱。ぴくぴくと震えたペニスの先からは、ねっとりとした透明な蜜があふれ、互いの腹部を濡らしている。

「すごいことになっているな、早く何とかしないと依存症になってしまうだろう」

「そんな……いやだ……依存症だなんて」

「大丈夫だ、今なら」

やがて挿入されていた指が一本から二本に増え、縦に横にやんわりとではあったが、肉に抉りこむような強さで粘膜をこすっていく。

「——っ」

立樹は声も出せず、爪を立ててカイルにしがみついた。ぐちゅぐちゅと淫靡な音を立てて体内をかきまわされている。やわらかく熟れた肉が彼の指に絡みついて離れない。自分の身体が自分のものではなくなっているようだった。

「あ……っ……もう……ん……」

「かわいそうに……こんなに発情させられて」

カイルは指をひきぬき、立樹の身体をぎゅっと強く抱きよせた。胸と胸が密着し、そこに熱が籠もる。それだけでなぜか立樹の胸の粒はぷっくりと膨らんでいた。

「こういう形でおまえと交尾をするのは不本意だが……仕方がないな」

カイルは深く息をつき、立樹を抱きあげた。

頭の芯がくらくらとして、蜃気楼のなかをたゆたっているようだ。ぐったりとしたまま、立樹はその腕に身をまかせることしかできない。

ベッドに横たえた立樹の肩を手で押さえ、カイルがじっと見下ろしてきた。

「疼きをどうにかしないと、このままだと発情の勢いに負けてしまう。おまえは弱い個体だからな。薬物に支配され、狂ったように悶えて死んでしまうだろう」

「……っ」

「どうせならおまえの好きなほうで抱いてやる。初めては、人間相手がいいか？」

耳元で優しく囁かれる。その吐息の熱さですら肌を焦がしてしまいそうだったが、カイルの言葉の意味がわからず、充血した眸でその顔を見あげた。

「人間相手って……？」

「それとも黒豹のほうがいいか。望みのまま抱いてやる」

「っ、黒豹だなんて……とんでもない……っ！」

「なら、人間のままでいいんだな？」

人間か黒豹か。そんな究極の二者択一。

「……人間で……」

そう答えるしかないではないか。立樹は恨めしげにカイルを見あげた。そんな立樹の頬を手のひらで包みこみ、カイルが唇を近づけてくる。

「恐れるな。おまえは私の大切なつがいだ。生涯、私のものとして護ってやる」

大切なつがい。生涯、護ってやる……。

胸の奥が熱くなるのを感じた。そんなふうに、はっきりと他人から愛情をこめた言葉を伝えられたことは一度もなかった。

ああ、彼は自分を大切に思っている。生涯、護ろうとするほど。

仁科の父だけは、大切に思ってくれていると信じていたが、今はもういない。それにもしかすると、寺本のように実験動物という目で見ていたかもしれない。

いつもひとりぼっちで、誰にもなじめず、疎外感を感じて生きてきた。ずっと自分のからに閉じこもっていたように思う。

でも違う、この人は大切に思ってくれている。同じ血をひく異母兄だからだろう。それでも立樹にはどうしようもないほど嬉しい言葉だった。

もうひとりぼっちじゃない。この男は血のつながりのあるかけがえのない存在。自分をつがいにしたいと思ってくれている。

それだけでこの男が好きになってしまいそうだった。

単純だとはわかっていても、誰かからこんなふうに言われたことがなかったせいもあり、少しでも自分を大切に想ってくれる存在に餓えていた。

「あなたのこと……好きになってもいい？」

立樹はカイルを見あげ、問いかけた。静かに彼がうなずく。

「ああ」

肌に触れる、カイルの指。鼓動が激しく脈打ち、肌が張り詰め始める。立樹は目を閉じ、カイルに身をゆだねた。

「そう、それでいい」

立樹の髪を指に絡めながら愛しげに梳きあげ、カイルが額に唇を這わせてきた。仔猫をいたわるような優しい動きに、自分が大切にされているのを感じる。

「う……ん……っん……あ……っ」

まぶた、こめかみ、頬へと伝っていったあと、唇をふさがれる。

「ん……っ……」

ちゅっと音を立てて皮膚の感触を味わうように啄《ついば》みあう。顔の角度を変えて、何度も何度も唇を触れあわせていく。

ただそれだけのキスをくりかえしていくうちに、緊張が解け、唇の表面に甘美なぬくもりがじわじわと広がっていく。やがてカイルの唇が首筋へと移動し、胸の粒に触れる。

「あ……っ」

思わず全身をこわばらせた立樹の乳首を、カイルが舌先で舐めていく。

乳暈《にゅううん》を舌先でざっとなぞられる。ものすごい快感だった。そのあたたかな感触に皮膚が粟立ち、背中のあたりに奇妙な熱が溜まってくる。

「や……そこは……」

乳暈だけでない。そのまわりの皮膚を甘噛みされるうちに皮膚の奥がざわざわと騒がしくなり、下肢から止めどなく蜜があふれてくる。

「ん……っ……どうして……っ……」

「こんなところも感じやすいのか。オスのくせに」

「……オス……抱いたこと……あるの…？」

「いや、おまえが初めてだ。オスもメスも」

「ウソだ」

「本当だ、だから私も緊張している」

初めて——という言葉に、どうしたのかほっとしたような、甘い悦びを感じた。

「く……っ……ん……」

「感じやすい身体をしている。おまえは薬などなかったとしても、私に触れられるとこんなふうに発情しただろう」

「発情って……」

「人間は、一年中、発情期だ。この先、生殖機能が衰えないかぎり、おまえはすぐに発情してオスを刺激する生き物になるはずだ」

言いながらカイルは立樹のひざに手をかけてきた。

「あ……待って……っ」

カイルが窄《すぼ》まった内部を指でほぐしながら、立樹の潤んだ先端を舌先で舐めていく。

「……っあ」

甘い痺れがそこから突きあがり、立樹は腰を捩《よ》じらせてしまう。やわやわと指先で奥をほぐされながら、性器を口に咥《くわ》えられる。

内臓をかきまわされていく体感にとまどいながらも、すっかり敏感になったところを指の関節でこすられるたび、信じられないほどの快感が全身を灼《や》く。

「——っ、ああ……ああっ、い……っ！」

初めての行為への驚き。恥ずかしさ。それなのにカイルの舌先が紡ぐ淫猥な音が鼓膜を撫でるたび、甘い快楽にどろどろになったように身も心も解けていくのを止められない。

「こんなの……初めてで……ふ……っそんなところを……ダメだ……もう」

もっといろんなことをされたい。

もっと激しく、もっと蕩けそうなことをされたい。皮膚も粘膜も血もなにもかもが悦んでいるのがわかる。身体中が心地よさを訴えているようだ。

やがて弛緩させられていた蕾《つぼみ》に、硬い屹立《きつりつ》の切っ先があてがわれた。なにかがはっきりとそこに当たっている。

次の瞬間、肉を割られる感触がして立樹は息を殺した。

「ん……っ……っああ、ああ……ん……っ怖い…………っ……っ！」

ずるずると粘膜を捲りあげながら、狭い内壁を拡張するように、ゆっくりと静かに硬質な肉の塊が挿ってきた。

予想していた以上の大きさと硬さに驚かされる。腰のあたりに砕けそうな痛みを感じ、立樹は顔を歪めた。

「あ……ああっ、痛っ……っ……やだ……」

「楽にしてろ。これから毎晩くりかえすことだ」

毎晩……これを？

けれどその言葉を冷静に考えるだけの余裕はない。ぐいっとカイルの屹立が奥に沈みこもうとしてくる。その猛烈な圧迫感に息もできなくなってしまう。

「くっ……ううっ……あぁっ」

激しい痛み。彼の存在が怖いくらいに自分のなかでいっぱいになっていく。

苦しくて怖い。ものすごい圧迫感に痺れたようになっている。

「耐えろ、このまま突き進む」

強引だが、できるだけ立樹をいたわるようにカイルが腰を進めてくる。

じわじわと肉を抉られていく体感。

「ふ……ん……っ」

薬物のおかげだろうか、それともカイルの動きが優しいせいなのか、あるいは立樹の肉体が発情し、彼を欲しているせいなのか。最初のうちは肉が裂けたような痛みを感じていたものの、それでも慣れてくるとそこまでの苦痛はない。

それどころか過敏な場所を圧迫していく肉塊の存在を心地よくさえ感じてしまう。

「ああっ……っあ……ああ」

立樹の腰を抱きかかえ、カイルがぐいっと腰を揺らしてきた。奥の粘膜をこすられ、甘い熱の波が一気に広がり始める。

何というなやましい感覚だろう。たまらず立樹は爪先に力を入れてのけぞり、カイルの背に腕をまわして爪を立てた。

今もまだ腰のあたりにはじわじわとした疼痛が残っている。

それなのに心地がいい。ずっとこうしていたい。なぜだろう、身体が溶けあっているような感覚が心を満たしていく。

甘美な幸せ。鼓動が早まり、息があがり、脳が痺れたようになっていくなかで、はっきりと実感する己の気持ち。カイルが好きだという。

出会ったばかりなのに。実の異母兄なのに。同性なのに。こうしていることに何の罪悪感もおぼえない。それどころか、彼か自分とつながっていることに、今まで感じたことのない幸福感をおぼえている。

こんな情熱が自分のなかにあったなんて。こんなにも他人を愛しく感じてしまうことがあるなんて。

その唇から漏れる乱れた吐息も、こめかみから滴り落ちてくる汗の雫も、熱く体内を暴走していく性器も、そしてこの背を強く抱きしめている腕も……なにもかもが愛しい。

愛しくて涙が出てきそうになる。

(どうしたんだろう……俺……バカみたいだ。こんなにも人のぬくもりに餓えてたんだろうか。大切だ、必要だと言われただけで……こんなにカイルを好きになってしまうなんて)

自分でも自分の気持ちがわからない。

少しずつカイルの腰の動きが早まっていく。

ゆさゆさと揺さぶられ、突きあげられる律動のうねりに身をまかせるかのように、無意識のうちに立樹はカイルのうなじをたぐりよせていた。

「ん……あ……っん……」

どちらからともなく唇を重ねあわせ、舌を絡ませあって、熱烈に互いを貪っていく。

テントに刻まれた影。

いつしかそれが豹のものになっていることすらどうでもいいように思えて、カイルが体内に熱い迸りをたたきつけるそのときまで、立樹はじっと身をゆだね続けた。

「……ここは……っ」

低い獣の唸り声が聞こえ、立樹ははっと目を覚ました。

息が白い。ひどく寒い。

まわりは闇に包まれ、気味が悪いほどシンと静まり、生きている者の気配がない。

(ここはどこだろう……俺は……どうしてこんなところにいるんだ)

けれど突き当たりにうっすらと街灯が見える。

マラケシュのフナ広場で見かけたようなミステリアスなランプがチカチカと瞬いていた。

赤、青、緑、黄といったチューリップ型の街灯を目指して進んでいくと、突然、目の前に動物園があった。

どうやら巨大な動物園の一角にいるらしい。

とうに開園時間は終わっているみたいで、まわりには人っ子一人いない。暗い闇のなか、大きな檻のむこうから、きらりと光る金色の目が見えた。

豹だった。

またカイルが捕まったのだろうか。不安が押しよせ、立樹は檻に近づいていった。

「カイル……カイル……いるの?」

鉄格子の前から声をかける。だが、そこに黒い豹はいない。いるのは、よく見かける黒っぽい斑点の入った豹だけだった。

薔薇の匂いもしない。

暗く大きな檻の奥のほうでコンクリートの床に身を横たえ、眠っている。カイルはいないのだろうか。目を凝らして捜している立樹に、後ろから話しかけてくる声があった。

「――ねえ、立樹くんて、ライオンや豹の言葉がわかるんでしょう」

「え……っ」

ふりむくと、高校時代の同級生たちがずらりと立ちならんでいた。制服姿で、スケッチブックをもった同級生がじっと立樹を見つめている。

「変だよ。ライオンや虎の唸り声に合わせてなにかぶつぶつ呟いたりして……」

「それは……みんなが話しかけてくるから、返事をしなくちゃいけないと思って」

「ちょっと頭、おかしくない？　それ、本気で言ってんの？」

変、おかしい……。

どこにも自分と同じ人間がいない。

呆然としている立樹に、養母が諭すように言う。

「立樹、やめなさいね。あなたの妄想を口にするのは。悪い癖よ」

それから義弟の朝春の言葉。

「ぼく、学校でいじめられるんだよ。立樹兄さんの弟っていうだけで。兄さんがおかしいから、ぼくまでいじめられるんだ」

「ごめん、朝春……でも別に俺はおかしくないいんだ、ちゃんと聞こえるんだ、本当にみんなの言葉が聞こえてきて」

「いいよ、もうぼくに話しかけてこないで。どうせ本当の兄弟じゃないいんだし」

そう言われると、孤独で淋しい深く暗い闇の底に堕ちていくような気持ちになり、ひとりで夜中に泣くしかなかった。

そんな立樹に、養父の仁科だけが理解を示してくれた。

「大丈夫だよ、立樹。その力、動物学者になって役立てればいいから。その日を私は楽しみにしているから」

そのひと言が嬉しかった。

大丈夫だよ、という言葉と、優しく髪を撫でてくれる指先。それだけで淋しい心には十分だった。仁科の父だけが理解してくれている。だから自分もいつか動物学者になって、父のようにモロッコの保護センターで働きたい。

それだけを希望にして生きてきた。そう、ひとりじゃない。けれどその父が亡くなって、こうしてモロッコにきて……。


「夢か――」

優しくまぶたを舐めていくあたたかく、濡れたような感触。はっと目を覚ますと、テントの中央の寝台で、立樹は裸身のままぐったりと横になっていた。

(そうだ、俺は……)

やわらかな毛が身体を包んでいる。

目を開けた立樹は自分が大きな黒豹に抱きしめられて眠っていることに気づいた。

「――っ」

目を見ひらくと、黒豹の双眸と視線が合う。

人間のときは紫がかった黒い眸をしているのに、黒豹になると、金色と紫色のオッドアイらしい。

くいっと舌先でまぶたを舐められる。

「まだ真夜中だ。寝ろ」

低いカイルの声。黒豹が人間と同じような言葉を発したわけではなかったが、立樹の脳にはっきりと彼の声が聞こえてきた。

（この国にきてすぐのとき……マラケシュのフナ広場で聞こえてきたのは、やっぱりカイルの声だったようだ。黒豹のときに彼から聞こえてくる声がこれらしい）

昔、動物園に行ったとき、ライオンたちの言葉が聞こえてきたのと同じ形のものだ。

こういうふうに同じ部族とのコミュニケーションがとれるよう、自分にはこの力が備わっていたのだろう。

彼がセンターの檻に入っていたときに聞こえてこなかったのは、わざと立樹に話しかけないようにしていたのだろう。モサント社や寺本に知られないために。

父親が同じ異母兄。この世でたったひとりの血を分けた肉親。

情交のあと、立樹の身体から薬物による疼きは消えてくれた。

寺本の薬のせいなのか、発情期を伴っているのかどうかはわからない。

ただ気がどうにかなってしまいそうな激しい肉体の飢餓感に耐えられず、無我夢中になってこの男にしがみついていた。

好きだ、愛しいという感情が湧いてきて、その想いをぶつけるかのように。

今、こうして冷静になると、寺本やこの男から聞いた事実の数々が、まだきちんと頭のなかで整理できていない。

あまりにも衝撃的すぎて、これから自分がどこでどうやって生きていけばいいのか、この男とのつながりをどう捉えていいのか――答えが見つからない。頭が混乱したままだ。

寺本とモサント社の目的を知った今、もうセンターにもどることはできない。かといって、日本に帰国して、今までどおり大学生として過ごすことができるのかどうか。義母や義弟とこれまでどおり一緒に暮らしていけるかどうかもわからない。

ここで知ったことは悪夢、自分は普通の人間と変わらない――と己に言い聞かせ、ひっそりと日本で暮らしていくというのも可能だ。

黒豹の帝王の男のつがいとなり、殆ど知り合いのいないモロッコで暮らしていくということのほうが非現実的な未来に感じられるのだが。

(でも……)

今の夢が脳裏に甦り、立樹はぶるりと身体を震わせた。

『ちょっと頭、おかしくない？　それ、本気で言ってんの？』

同級生たちの言葉。思いだしただけで怖くなる。

大学に入ったらそんなことがないように気をつけて過ごした。

けれどいつも、誰かに『おかしい』と言われたらどうしようとびくびくしていたせいか友達の一人もいない。

今はまだ二年生なので、ひとりで過ごしていても何とかなるが、三年生になり、ゼミに入ると、他者とのコミュニケーションがとれないような学生ではどうにもならない。

ちゃんと人の輪に溶けこむよう勇気を出そうと思っていたのだが。

『立樹、やめなさいね。あなたの妄想を口にするのは。悪い癖よ』

夢のなか、母は困ったような顔でそう言った。弟の朝春からも、立樹のせいでイジメにあったと言って責められた。

直接、二人が立樹にそんなふうに言ったことは一度もない。

けれど、母は何度か教師からなにか言われたらしく、仁科の父が帰国しているときに『困っている』と相談していたのを知っている。朝春が、立樹のせいで学校でイジメに遭っているということもふくめて。

そのとき、心が引き裂かれそうだった。

大切な人に迷惑をかけている自分がイヤでイヤでしょうがなくて。

これからは、絶対に迷惑をかけないようにしようと改めて決意した。

動物の言葉が聞こえるなんて、もう二度と誰にも言わない。

その代わり、動物学者になって、野生動物保護のため、この力を生かそう。そうすることが自分に唯一できることだ、と信じて。

（……母さんと朝春……どうしているだろう、もうすぐモロッコにくるはずだけど……寺本さんは俺のこと……どう説明するんだろう）

仁科の父が亡くなった今、自分が母と弟のところにもどったら迷惑になるのではないか。それならいっそこの地で消えてしまったほうがいいのではないか。

そんな気持ちになってくる。

（せめて電話ででも話をすることができたら）

母にだけは、自分は少し変わった遺伝子の持ち主だと伝え、だからもう一緒にはいられないと別れを伝えるべきではないのか。

ぐるぐると考えていると、ふいに黒豹の舌先がこめかみに触れた。

「……っ」

はっと目を開けると、薄闇のなか、黒豹がじっとこちらの顔を見つめていた。丸くなった黒豹の胸に抱かれた状態だった。

「なにを泣いている」

彼の声が聞こえ、自分が泣いていたことに気づく。

「これは……昔のことを思いだして」

「昔？」

「日本にいたとき」

「泣くほど辛いことがあったのか」

「……そんなわけじゃないけど……ちょっと変わっていたから、友達の一人もいなくて」

「友達というものが必要なのか」

「そりゃあ……何でも話せる友達が一人くらいは。大学になっても、勇気がなくて、自分から誰かに声をかけることもできなくて」

大学に入ってからは、周りから『おかしい』『変わっている』とは言われなくなった。だからといって、急に友達が増えるようなことはない。

昔のような状況になったらと思うと勇気が持てなくて、いつもうつむいてばかりで、話しかけられても最低限の返事しかできなくて。

そういう点では、寺本は立樹にとって、父の弟子ということで、唯一、話しやすい人間と思っていたのだが、結局ああいうことになってしまって——。

「大学を出てなにをするつもりだったんだ?」

「一応、大学を卒業するときに国家試験をうけて獣医の資格をとるつもりだったけど、ライオンや豹の声が聞こえる力を役立てて、この国で野生動物保護の仕事につこうと考えていたんだよ。仁科の父の研究を継ぎたかったから」

そういえば、他人とこんな話をするのも初めてだ。このひとなら、なにを話しても大丈夫という安心感があるせいか、まだ出会ったばかりの相手なのに、もうずっと昔からの知り合いのような慕わしさを感じている。

「野生動物には保護など必要ない。人間が彼らのテリトリーを侵さなければいいだけの話じゃないか」

「そういうわけにはいかないよ。絶滅危惧種を護らないと。このままだと生態系がおかしくなってしまうから」

「種が滅びてしまうのは、その種の運命だ」

黒豹のときも人間のときも尊大な物言いは変わらないらしい。立樹は黒豹を見つめて、きっぱりと言った。

「運命だと割り切るのは簡単だよ。だけどなにもしないわけにはいかないじゃないか」

すると黒豹は低い声で問いかけてきた。

「私はそうは思わない」

「でも人間が野生動物のテリトリーを侵して、開発し、乱獲した結果、種の存続が危ぶまれるようなことがあるのなら、保護して、種の存続のために努力していくのも人間の役目じゃないか。俺は大学を出たあとはそうした仕事がしたいと思っていた。俺の特殊な部分もその分野なら役に立つはずだし」

「猫科の獣の言葉が聞こえる……という特性か？」

黒豹は不思議そうに小首をかしげた。

「そうだよ。エゴイスティックだとは思うけど」

「エゴイスティック？　どうしてだ」

「理由が理由じゃないか。自分の存在価値が欲しいというのが発端だから」

「それのどこが？」

「この国にきたのもそうだ。仁科の父親とつながりも持ちたかったわけだし、実の父親を探したかったのもある。自分が何者なのか、アイデンティティを確立したうえで、しっかりと未来にむかって生きていきたいと思ったから。そうしないと、どうやって生きていいかわからない気がして。そんな自分都合の理由が原動力だから」

なにを真剣に語っているのだろうと思いながらも、訴えるのを止められなかった。

このひとにはなにを話しても大丈夫という気持ちと同様に、どんなふうに反論しても、意見をぶつからせても大丈夫という信頼感も抱いている。

「自分がどうのなんて、私は考えたことはない。未来も生き方もアイデンティティも。存在価値なんて知らなくても生きていける」

黒豹はふと視線をテントの外のほうにむけた。

「それに誰だって自分のことをまず考えるものじゃないのか。わからないな、それがどうしてエゴイスティックなのか。当たり前のことだろう」

「だけど……種の保存をしたいとか、野生動物を護りたいという大望をあげながら、結局、自分のためじゃないかって言われそうで」

「誰に」

「誰って……みんなに」

「みんなって？」

「それは……同級生や学校の先生が」

すると黒豹は機嫌が悪そうに耳を尖《とが》らせ、尾をくるりと丸めた。

「おまえは……私よりもそんなやつらの言葉を気にするのか」

「え……」

「興ざめだ。私の言葉よりも、どうでもいい人間どもの、しかもまだ言われてもいない言葉を気にするとは」

吐き捨てるように言うと、黒豹は立ちあがり、立樹から離れた場所にするりと移動した。

（興ざめって……）

テントの垂れ幕のすきまから入りこんでくる月の光。その仄《ほの》かな明かりをうけながら、彼は身を丸くしてその場に横たわる。

怒ってしまったのだろうか。

立樹はガウンをはおって、そっと黒豹のそばまで行き、しゃがんでその顔をのぞきこんだ。

しかしちらりとこちらを一瞥《いちべつ》したあと、視線をそらして前肢の毛繕いを始めた。

「何で怒ったの？」

「何でそんなことを訊く」

「興ざめだって」

「あんなささいなことで怒ったりはしない。気分を害しただけだ」

「ごめん……俺、まだあなたに慣れないから」

「慣れない？」

「とまどってるんだ。いきなり肉親と言われていることにもびっくりだし、つがいとか言われても、まだあなたのこと……よく知らないのに、つがいになっていいのかわからないし、なにより自分の遺伝子が普通の人間と違っていたことにも混乱しているし」

「私がつがいだと不足なのか」

「不足とかそういうのじゃないんだ。ただ気持ちの整理ができなくて。あなたのことはとても好きだよ。どんどん惹かれていく。美しくて、唯我独尊な感じで、知的で、とても魅力的で、それなのに淋しそうで」

「淋しそうだと？　私がか？」

　意外そうに黒豹は立樹の顔をのぞきこんだ。

「淋しそうというか……きっとその強さは孤独ゆえのものだと思うから。だからこそあなたの強さに俺は惹かれるんだと思う」

「それを言うなら、強いのはおまえのほうじゃないのか」

「え……」

強い？　そんなふうに思ったことはなかったので驚いた。

「野生動物の保護をしたいと言った。そのために未来にむかって生きていると。未来を見つめている者ほど強いものはない」

そう囁き、黒豹は立樹に顔を近づけてきた。

「強くて美しい。穢《けが》れのない魂。純粋な理念。知性。未来にむかって生きていく眼差し。おまえが私のつがいでよかった。誇りに思う」

彼は勘違いしていると思った。

目標をもって生きるのは人間社会では当たり前だ。彼は他の人間のことをよく知らないから褒めているだけだと思う。

「待ってよ……俺……そんな立派な人間じゃ」

とっさに否定しようとしたが、その次のカイルの言葉に立樹は押し黙った。

「それなのに……おまえもいつも淋しそうだ」

「え……」

黒豹の色違いの双眸がじっと立樹を捉える。

「どうしてだろう、マラケシュの街で初めて見たときからおまえのまわりには誰の姿も見えない。魂まで真っ白で、なにもかもが清らかだが、闇のなかを彷徨っている小舟のように頼りないのはどうしてなんだ？」

その言葉に立樹は目を見はった。

どうしてって、あなたこそどうしてそんなことを言うんだよ——という問いかけの眼差しで見たのだろうか、黒豹は立樹の心の底を見透かしたかのような言葉を続けた。

「見えるんだよ、おまえの身体から出ている波動が。だからつい抱きしめたくなる。そうしたほうがいい気がして」

どうしよう、そんなふうに言われると、切なくなってしまう。どんどんこのひとを好きになってしまう。

「そうした波動は、人間の私には見えないが、黒豹の私には透きとおるように見える。きっと他のライオンや虎にも感じるものがあったはずだ。だから動物園でおまえに話しかけたんだろう」

そうだったのだろうか。人間には見えないなにかが彼らには見えたのだろうか。

「だが、私と過ごしているとき、おまえのまわりに闇は見えない。頼りない小舟もない。朝の光のような色彩が放たれている」

「朝の光？　明るく優しいものなってるの？」

「そうだ」

だとしたら、それはきっと心が以前よりも満たされているからだ。このひとと出会って触れあっていることに悦びを感じているから。

「ありがとう、あなたに会えたことに感謝しないとね」

立樹は淡く微笑し、自分から黒豹の肩に頬を近づけていった。

なめらかで気持ちがいい。すべすべとしている。そのうえやわらかい彼の黒い毛。人間のカイルにも愛おしさを感じるが、ここにいる黒豹のカイルも愛おしい。

そのまま前肢に抱きよせられ、ラグに横たわっていた。

「不思議なやつだ。私とおまえは運命の相手だ、感謝などしなくても、神が自然と出逢わせてくれただろう」

あいかわらず彼の言葉はそっけなく、何の情緒もないものだったが、それはそれで彼らしさを感じられてうれしかった。

ふっと笑って黒豹のあごにキスすると、同じように彼もキスをかえしてくる。愛撫をするような優しさで立樹の頬やこめかみに唇をすり寄せながら。

そうしているうちに甘い薔薇の香りが強くなり、狂おしく胸が締めつけられる。黒豹の唇に触れているのに、そのむこうにいるカイルの唇としっとりと濃密なキスをしているような甘美な感覚に囚われていく。

父が同じ異母兄。人間にも黒豹にもなれる男。砂漠の帝王と呼ばれ、学者たちが捕獲を夢見ているミステリアスな生き物。

テントを打つ砂の音。垂れ幕のすきまから入りこんでくる青白い月光。誰もいないテントのなか、こうして絹のようになめらかな毛に覆われた黒豹に抱きしめられていると、心地よい幸福感に包まれていく。

そんな気持ちが伝わったのか、黒豹が耳に口元を近づけてきた。

「……このまま……おまえと交尾したい。本物のつがいとして」

低く囁く言葉に、ざあっと皮膚の下を熱っぽい奔流が駆け巡っていくのを感じた。全身がぞくぞくして、そのまま抱かれたい気分になっていく。

「待って……まだ気持ちが……あなたのつがいになると決められなくて」

全身が小刻みに震える。この前は薬でどうにかなってしまいそうだったから、あんなふうに身体をつないでしまったけれど、次はそうはいかない。

ここで黒豹と交尾する——それは、つがいになるという意味を指しているはずだから。

「つがいになれないのか」

その淋しそうな顔。こんな顔をされると切なくなってしまう。

まだはっきりと彼に返事をしていない。生涯のパートナーになるということへの。

「ごめん……もう少し時間を」

申しわけない気持ちで告げると、彼はかすかに目を眇めた。

「早くつがいになりたい。昨夜のような交尾ではなく、できれば、この身体のまま……おまえとつながりたい」

囁きながら黒豹が顔を近づけてくる。ふわりと毛が触れたかと思うと、思ったよりもしっかりとしたヒゲが立樹の頬を撫でていく。

黒豹とつがう。セックスする。想像もつかない。けれどこうして触れあっていると愛しさを感じてしまう。

「……んっ……ん」

立樹は自分から彼に唇をすりよせていった。

触れあう唇。頬を撫でていくヒゲ。彼のぬくもり、吐息のあたたかさ。やわらかな毛並みに手を這わせると、同じように彼も唇をすりよせてくる。

「もう少しだけこのままでいさせて」

祈るような気持ちでそう呟いたとき、遠くのほうから車のエンジン音が聞こえた。

黒豹がはっと顔をあげる。立樹は問いかけた。

「誰かきたの？」

まさか寺本たちだろうか、と思ったが、カイルのおだやかな様子から、そうではないことがすぐにわかった。

「大丈夫、部下だ」

テントの外からシドの声が聞こえてくる。

「カイルさま、立樹さまのお荷物や頼まれていたものを持ってきました。それから移動の準備のことでも少し話が」

「わかった。隣のテントで待ってろ」

立樹の肩に口で毛織物をかけたあと、黒豹が音もなくその場から離れる。

(あのときの彼の部下か……)

毛織物を手で押さえながら、立樹は半身を起こした。

「どこかに移動するの?」

「ああ、嵐がおさまったらおまえを連れてマラケシュにむかう。帝国にむかう前にしておきたいことがある」

「え……」

「そこで、おまえの身に護符を刻む。全身に」

「護符?」

「マラケシュ……おまえと出会ったフナ広場の近くに私の邸宅がある。街に行ったときに使っているところだが、砂漠に行く前に、そこでおまえの肌にヘンナで護符を描きたい。そうすれば、おまえは完全に私のものとなり、邪悪な者たちからも護ることができるようになる」

に見かけるが。

ヘンナ――ヘナのことだ。日本では、髪の毛を染めるものとして使用されている植物の葉をつぶしたもの。インドや中東の女性たちが手に細やかな幾何学模様を入れているのをたま
「それを入れたら、俺は寺本さんたちから狙われることはなくなるの？」

「なくなることはない。だが、危険を察知し、すぐに助けに行くことが可能になる」

「助けられないとどうなるの？」

「実験動物にされる可能性が高まる」

「……俺は本当にそんな存在なんだ。豹に変化もしないのに。見た目は人間のままなのに」

立樹は投げやりに言った。

「豹に変化はしない。だが人間としても不完全だ。だからそばにいろ」

黒豹は、さっと身をひるがしてテントの外に出ていった。

豹にも変化しない。人間としても不完全――か。

一体、自分は何者なんだろう。

立樹は小さく息をつき、さっきまで黒豹が横たわっていた場所にそっと頬をあずけた。

優しいぬくもり。この世でたったひとりの肉親。

いっそこのまま黒豹のつがいになってしまおうか。

ふとそんな思いが湧いてくる。

彼のそばにいると、不思議と何の恐れも不安も芽生えない。

同性であることも、異母兄弟であることも……ましてや彼が人間でないことも、なにもかもどうでもよく思えてきて、それよりも自分をさがし、求めてくれ、誰からももらったことがない優しい言葉や思いやりをかけてくれる存在にどうしようもない愛しさを感じる。

けれどまだすべてを捨てる勇気が持てなかった。

（そうなったら……俺は、これまでの二十年の人生を全部手放さないといけないから）

尤も、人間社会に自分の居場所はもうないかもしれないのだが。

実験動物として寺本やモサント社に追われてしまう。

彼らだけでなく、自分のＤＮＡが他の人間と異質である以上、このまま元の世界で暮らしていけるかといえば——それは無理だろう。

だからといって、このますぐにカイルのつがいになるという決断が下せるわけはない。

彼の帝国がどんなところなのかもわからない。

どれほどの文明をほこっているのか。どんなふうにみんなが暮らしているのか。他の豹たちとうまくやっていけるのかどうか。

人間から豹になり、豹から人間になる一族に、不完全な自分が受け入れてもらえるのかどうかもなにもわからない。

だからもう少し答えを待って欲しい。

それに寺本から聞いた自分の遺伝子や出生のことにまだ混乱している部分がある。せめて来月、養母と朝春がモロッコにくるまで、答えを保留にさせて欲しかった。

甘い黒豹の残り香。毛織物のなかで身を丸め、その匂いに閉じこめられるように立樹はまぶたを閉じ、睡魔に身をゆだねた。

それからしばらくうとうととしていると、また車のエンジン音が聞こえてきて、立樹は目を覚ました。

「起きていたのか」

シドの運転する車の音が遠ざかったあと、カイルはテントにかえってきた。完全に人間の姿にもどっている。

「おまえに、これを」

彼の手には立樹のスーツケース。それから貴重品袋もあった。

「それ、あの爆発で燃えたと思っていた」

貴重品袋のなかには、パスポートとスマートフォン。さすがに砂漠では圏外になっているが、それでもなじんだ自分の荷物が残っていたことに立樹はほっとした。

「他の部下に保管させておいた」

「あの施設には、他にも潜入している仲間がいたの？」

「仲間ではない。部下だ。シドも含めて……」

「じゃあ、仲間は」

「仲間はおまえだけだ」

仲間という言葉を、親族という意味に彼は混同しているのではないだろうか。

「まだ準備が整っていない。しばらくはここで過ごすことになるだろう」

マラケシュで過ごしたあと、カイルは立樹を帝国に連れていくと言っている。今はまだ砂嵐があるので、立樹の足での砂漠越えは難しいみたいだが。

（もうすぐ……母さんと朝春がこの国にやってくる。一度ちゃんと会いたい。そのあとどうするか決めたいと言ったら、カイルは何て返事をするだろう）

自分がどうやって生きていきたいのか、きちんと身のふり方を考えなければ。

「そろそろ食事の時間だ。食え」

カイルが垂れ幕をひらくと、二人の女性が現れ、絨毯の上に小皿を並べていく。

「このひとたちは今までどこにいたの？」

「近くの集落にいる私の使用人だ」

「仲間？」

「いや、使用人だ」

やはり仲間という言葉の意味が立樹と彼とでは違うらしい。

用意されたのは、野菜のクスクスとタジン鍋。それからミントティー。あとはヒヨコ豆のピタサンド。

小さな小皿に、あたたかなクスクスをとりわけ、立樹に差しだす。

クスクスは米に似ているが、それよりもずっと小さなパスタに、野菜スープのようなものをかけて食べるらしい。

一口、食べてみると、やわらかな優しい食感が口内に広がっていく。サフラン、適度な香辛料とバター、それから塩分。パプリカやキャベツのこりっとした食感とつぶつぶとしたクスクスの食感とがうまく絡みあい、絶妙な味となって口のなかに溶けていった。

「おいしい」

立樹はほほえんだ。日本で、何度か中東の料理を食べたことがあるし、ここにきてからもいろいろと食べているが、こんなにおいしいものは初めてだった。

「なら、好きなだけ食え」

肘置きによりかかり、ピタパンをかじりながら、カイルが立樹を見つめる。

「あなたも同じものを食べるの？」

黒豹だったら、サバンナで狩りをするのではないだろうかと思ったが、カイルはそんなことはしないらしい。

「当然だ」

「狩りとか……得意そうだけど」

「やめてくれ。動物の生肉などごめんだ」

そう言ってピタサンドをほおばっているカイルの姿は何となくほほえましい。

彼が狩りをする姿も見たかったのに……と思いながら、スプーンでクスクスをすくって口に運んでいく。

そのまま好きなだけクスクスを食べて胃を満たし、熱いタジン鍋で身体をあたためたあと、さわやかなミントティーを口にすると、満腹感のせいか淡い睡魔に襲われる。

立樹の顔がこくっと下がると、カイルは立樹の背に腕を伸ばした。

「風邪をひく、うたた寝するならベッドに移動しろ」

彼から甘い香りがする。立樹はベッドに横たわり、その香りを味わうように息を吸った。

どうしたのだろう、彼の芳香が身体に入りこんでくると自然と鼓動が早まっていく。

「どうした……」

「あなたから……いつも花の匂いがするから」

そう言ったとき、立樹ははっとした。

「そういえば……豹からは甘い香りがする、麝香《じゃこう》に似ているっていう話を、昔からよく耳にしたことがある。実際の豹からは、獣の匂いしかしないのに。でもあなたは違う」

「甘い香りがする豹とは、我々の一族のことだ。人間に変化する豹からは、花の香りがする。ただの豹とは違う」

寺本の話では、彼らは普通の豹とはまったく違うＤＮＡの持ち主らしい。香りが違うというのもわかる。

「そうか、そうだったのか。だからあなたからいつもいい香りがして」

納得したように言う立樹の頬を、突然、男はくいと指先でつまんだ。

「え……っ」

「眠いならさっさと寝ろ。私の香りの話をするとき、おまえのほうからも決まって甘い香りがする。これ以上、私を刺激するな」

横になった立樹の上に斜めにのしかかり、肌の匂いを吸いとるようにカイルが首筋に顔を埋めてくる。

さらりと皮膚を撫でていくあたたかな吐息と彼の髪。そのかすかな刺激に、どくんと鼓動が高鳴る。もっと強いなにかが欲しい……と、身体の奥から浅ましい呻きが迸りそうな気配を感じ、それを抑えようと、立樹はぎゅっと彼の服をわしづかみにした。

それでも密着している胸からこちらの振動が伝わってしまったのか、カイルが低い声で問いかけてきた。

「どうした、鼓動が早まっている」

そんなことを尋ねられると、よけいに動悸が激しくなる。薬物を注がれたわけでもないのに、また昨夜のような恥知らずな刺激を求めてしまいそうな自分が怖い。

「それは……あなたがあんまりあたたかいから……それで……あ……そう、だから眠くなってしまって」

自分の変化を知られまいと、立樹は支離滅裂な返答をしていた。

「人間は眠いと鼓動が早くなるものなのか？」

「そう……そうなんだよ」

「それなら寝ろ」

立樹の、適当な言いわけをまともに信じたらしい。普通は、眠い場合はそうならないだろうと返してくるところかもしれないのに。彼が半分だけ人間じゃなくてよかった。

「で、おまえは……こういう場合、黒豹が相手のほうがいいか？　黒豹か人間か、どっちが好きだ？」

意味がわからず首をかしげると、改めてカイルが問いかけてきた。

「黒豹とのほうが心地よく眠れるか？」

ああ、そういうことか。人間か黒豹か、どちらに添い寝をして欲しいか問いかけてきているのだというのがわかった。

「それは……」

別にどっちでも……と言おうかとしたが、立樹は押し黙った。そして。

「……じゃあ、黒豹で。毛があたたかくて、ぐっすり眠れるから」

そのほうがぐっすり眠れる――というのは、文字どおり黒豹の毛が心地いいからとかあたたかいからという理由ではなかった。

人間のままだとダメだ。きっともっと鼓動が早くなってしまう。呼吸もおかしくなって、彼の薔薇の香りに溺れてしまって、完全に眠れなくなるはずだ。

「わかった、このまま黒豹になって添い寝をしてやる。まぶたを閉じろ」

その言葉に導かれるように立樹はまぶたを閉じた。

いつしか黒豹になったカイルに抱きしめられるように身をくるまれて。

そのとき、ふと思った。

黒豹のときはまだ大丈夫だ、と。黒豹のカイルに寄り添っているときは、さっきほど鼓動が早くならない。ドクドクと音を立てることはない。

それよりも、小さくトクトクと振動する彼の鼓動のほうを強く感じる。

なめらかな黒い毛に覆われた巨大な体軀の生き物。

それなのにこんな小さな鼓動の音をしているのだと感じながら、立樹は少しずつ睡魔に身をまかせていった。

5 情交

それから同じような日をどのくらい過ごしたのか。

カイルのところには、時々、シドや他の部下が現れ、移動の準備やモサント社のデータのことでなにかあわただしい対応をしている。

一方、立樹は他にすることがないのでスーツケースのなかにあった数冊の本をとりだし、夏休み用のレポートの作成をすることにした。

(帰国して、大学にもどるかどうかもまだ決めていないけど)

それでもこうしていると、自分がまだこれまで生きていた場所とつながっている気がして精神的に落ちつく。

センターでのインターンシップができなかった代わりに、北西アフリカ一帯の動物のライフサイクルをもとに、生態系の健全性を保つためにはどうすべきかをテーマにレポートを仕上げることにした。

パソコンを使ってインターネットに接続できないのが残念だが、書籍だけを頼りに丁寧に勉強をするのも、それはそれで楽しいものだと実感しながら。

そんな立樹の様子を見て、カイルが声をかけてきた。

「自然環境や生態系に興味があるのなら、このあたりをラクダに乗って見学してみないか。少し先に、古代遺跡もある。貝殻や地層、動物の骨から、このあたりの自然史をたしかめることができるぞ」

「それはうれしいけど、外に出ても大丈夫なの？」

モサント社や寺本たちに見つかったりしないかどうか。

「大丈夫だ、私が一緒に行く。今日はそう陽射しも強くないので、いい散歩びよりだ」

カイルは荷物のなかから白いカフィーヤをとりだし、頭からすっぽりと立樹にかぶせた。

そして水と簡単な食事を用意して、立樹を外へと連れて行った。

モサント社に見つかってはいけないからと、このテントにきて以来、立樹は一歩も外に出ていなかった。

もう何日になるのかわからないが、久しぶりの外気に瑞々しい気持ちになった。

あたりを見まわし、自分のいる場所がどんなふうになっているのかたしかめる。

テントのすぐ前には、透明な美しいオアシスがあった。そのまわりには棕櫚の木々が生え、大きなサボテンが並んでいる。

それから葦《あし》、そして井戸。テントの後ろ側を少し行ったところには小さな岩山がある。

あとはただただ黄金色の砂丘が幾重にも折り重なるように続いていた。

このあたりのわずかばかりの緑地に、遊牧民のテントのようなものが幾つか広げられている。カイルの部下たちがここで暮らし、さらに砂漠の奥にある帝国への中継地になっているらしい。無線もあり、カイルの携帯電話は電波が通じているようだ。

砂漠を少し行った先にもうひとつ集落があり、そこからだと車で街道に出ることも可能だとカイルが説明してくれた。

「このあたりは砂漠地帯なので、車での移動は自殺行為だ」

黒い山羊皮でできた水筒をラクダにくくり、カイルは立樹を連れてラクダに乗った。

「二人乗りする。落ちないよう、私に捕まっていろ」

馬にも乗ったことがないのに、いきなりラクダとは。

しかもサハラ砂漠のラクダはひとこぶ。三角形になった高い頂点のところに用意された鞍に座って移動するのだ。その一番高いところにカイルが座り、ラクダをあやつるらしい。立樹は彼の背にぴったりとくっつくように座ることになった。

「手を離すな。ラクダから落ちてしまうぞ」

カイルに引っ張られて座ると、ラクダが立ちあがった。

一気に視界が高くなり、初めての目線の高さに新鮮な感動をおぼえる。

「すごい、砂漠を飛んでいるみたいだ」

「喜ぶのもいいが、体調には気をつけろ。熱くなったらすぐに言え。喉が渇いたときも。それから私がいいと言うまで、草むらには近づくな。クサリヘビがいる」

このあたりのクサリヘビといえば、二本の角が特徴的な有毒のものだ。体長は六〇センチくらいで、毒はそんなに強くなかったはずだか、出血毒のヘビなので噛まれるとかなり強い後遺症に苦しむことになるだろう。

「わかった、気をつけるよ」

返事をしながらカイルの背中に密着する。両腕を彼の身体の前に伸ばすような格好で。

進んでいくと強い風が立樹の頭からかぶったカフィーヤをはためかせた。

カイルにあやつられ、ラクダは砂丘を進んでいく。

どこに行くのだろう。

右側には岩がごつごつと剝きだしになった剣呑とした岩山。そのあたり一面が石塊《いしくれ》の海になっていた。もう片方は砂だけの広大な砂漠。砂を交じらせた熱風が吹きすさび、目を開けているのも痛いほどだ。

それなのに時折、カンガルーネズミやサソリが元気に砂の上を移動している姿を見かけて驚いてしまう。

「砂漠をぐるっとまわったあと、岩山の上にむかう。そこに古代遺跡がある」

ぴったりと寄り添ったふたりの影が砂の上に刻まれている。

ラクダが進むたびに、彼から揺らぎ出てくる甘い匂い。幻惑されそうだ。

「……あの……あなたは、将来、どんな帝国を創るつもりなの？　民族の独立はしないと思うけど、豹と人間が最も最適に共生するにはどうすればいいの？」

立樹は彼の匂いから逃れるように、その背にしがみついたまま問いかけた。

「将来など考えたことはない」

ぽつりとカイルの返事。いつもどおり素っ気ないものだった。

「考えたことがないって……あなたの帝国じゃないの？」

「さあ」

「さあって……」

「じゃあ、なにを目指して、なにを目標にして生きているの？」

「目指す場所なら、次はマラケシュの邸宅だ」

「そこじゃなくて……人生のもっともっと先に行く目的地のことだよ」

「……では、おまえの目的地はどこだ」

「俺？」

「そうだ。熱心に本を読み、書類を書き、生態系を調べて……そのあとどうするつもりだ」

「大学の夏休みの課題だって言わなかった？　提出しないといけないって」

「聞いた。その課題というのは、その後具体的にどう活用していくんだ？」

「それは……」

どう返事をしていいのか。そういえば、深く考えたことはなかった。

夏休みの課題は、前期試験の代わりに単位がもらえるので提出する——と、カイルに説明したところでどうなるのか。彼が問いかけてきているのはそんなことではない。具体的に、それをどう活用していくつもりなのか——と尋ねているのだ。

（そういえば……これまでそんなふうに、考えたことはなかった）

こうして砂漠の生き物を見て、生態系を調べて、それがなにかの役に立つことはあるのだろうか。そんなことを考えているうちに、ラクダは岩山の中腹で足を止めた。

「ここからは歩くぞ」

ラクダから降りて、水と食べ物の入ったリュックを手に、それからラクダにかけていたラグを小さく丸めて岩場をのぼっていく。途中で地層をたしかめたり、動物の骨を発見しながら。

見ればカイルはライフルを肩からさげている。

砂漠の風と違って、岩陰の空気はひんやりとしたものだった。おかげで過ごしやすい。同じ砂漠でもこんなにも気温が違うものなのかと驚いてしまう。

そうして傾斜の強い坂をのぼっていくと、砂漠が一望できる高い場所に到着していた。

何という眩しい光景だろう。夕陽に包まれようとしている砂漠がミルクティー色に染まっている。小さな砂丘が幾重にも幾重にも連なり、その表面の砂をさらっていく風の流れが見える。

立樹はカイルとともに、眼下を見渡せる広々とした場所にラグを敷いて腰を下ろした。

「あれは？」

遠くのほうに点在する明かり。それから棕櫚の木々が創り出している大きな黒々とした塊。

さらにカスバらしき建物が点在している。

「街にむかう途中にあるオアシスだ。あのあたりに人の住む集落がある」

「車での移動も可能だって言ってたところ？」

「そうだ」

「帝国があるのは？」

「それは反対側だ。見てみろ、あの砂漠の彼方だ」

カイルが振り返ると、岩山の反対側に古代の都市遺跡が残っていて、さらにその彼方には

大きな海原のように雄大な砂漠が広がっていた。

あたりには小さな虫やヤモリ、それに猫の姿もあったが、それ以外はなにもない。

時折、砂漠の空を鷹が駆けぬけていくだけの空間。

風の音が聞こえてくるが、他には本当になにもなかった。

何千年か前に人々が暮らしていた遺跡には、今もまだ共同浴場や住宅地の跡が残っている

のに暮らしている人間はひとりもいない。

シンとした死んだ空間。そこに落ちている果てしない沈黙。世界は無限に広がっているのに、なにもない場所。

「──私の帝国に似ている」

遺跡を見下ろし、カイルは独り言のように呟いた。

「似てるの?」

こんな淋しいところなんだろうか。いや、それでもここにある遺跡とは違って、そこには彼の仲間がいるのだから、もっとにぎやかなはずだ。

「もう少し広いが……こんな風景だ。岩山があって、古代の遺跡があって。私はいつもこうして高台に腰を下ろし、こういう時間を過ごしている」

「独りで?」

「そう、私だけ異質だからな」

そうか、彼は帝王だから、他の一族の人間と違って孤独なのだ、ということに気づいた。

彼だけが自由に黒豹に変身でき、彼だけが生まれたときから性別が決まっていたのだとしたら、他に人生を分かちあう相手を見つけるのは難しいのかもしれない。

だから仲間とは言わず、シドのことも他の人間のことも部下と呼んでいるのだろう。

(それなら、俺でもいいのかな……豹にならない不完全な人間のままの俺でも。俺も彼と同

じで、多分、たったひとりだけ他の人と違うわけだから)

こうした風景を見ていると、自分が素直になれる気がする。なにを望んでいるか、どうしたいのか——それがはっきりとしてくる。

(俺は……どんどんカイルに傾いている。愛しいと思う気持ちが少しずつ大きくなって、このひとと一緒にその帝国に行きたいという気持ちが強くなっている)

そんなふうに己の心の本音が徐々にあらわになっていくのを感じながら、立樹はぽつりと呟いた。

「すごいね。こんな風景を見ていると、人間社会の細かなことなんてどうでもいいように思えてくる」

「どうでもいい?」

「うん、あれこれ悩むのがバカらしいなと思えてきて。自分がどうしたいのか、どう生きていきたいのか迷わず、素直になろうという気持ちになるんだ」

「人間の人生なんて短い。一瞬のことだ、迷っている時間はないだろう」

他人事のように言うカイルに立樹は気になって問いかけた。

「あなたの寿命は人間とは違うの?」

「さあ」

「さあって」

「興味がない」

「自分の寿命に関心がないの？」

「別に」

変わっている——。

いや、人間とは違うのだから、そういう部分があっても当然なのかもしれないが。

「じゃあさ、あなたの帝国のことをもっと教えてよ。この遺跡に似ているってだけじゃなくて。たとえばここがいいっていうようなおすすめの場所や、ここだけは見たほうがいいってスポットはあるの？」

「特には」

風に前髪が騒がしく揺れるむこうで、ふっとカイルが目を細める。

「じゃあ、どんな習慣があるの？　お祭りとかあるの？」

「そんなものはない。祭なんてバカバカしい」

「え……娯楽は？　生活の楽しみって？」

「楽しみなど必要ない」

やっぱり変わっていると思った。そういうところがこの男らしいのはわかっているが。

「あ、じゃあ、話を変える。カイルが幸せだなって思うことってなに？」

「幸せ……？」

長めの前髪を掻きあげ、カイルは立ちあがって空をふりあおいだ。強い風が彼のカフィーヤを煽ってマントのように大きく広げている。

目を細めてじっと空を見あげたあと、カイルは隣に座った立樹を見下ろし、突き放すように答えた。

「考えたことがない。その言葉は人間社会では、この世で最も大切なこととして使用されているが、私自身は特に必要だと感じない」

「え……あの……必要とか……そういうことじゃなくて。えっと……たしかに、人間の世界では、幸せと愛はとても大切なことだけど」

しどろもどろに呟きながら、立樹も立ちあがった。

「ではわかりやすく教えてくれ。おまえはどんなときに幸せだと感じる？　一体幸せとはどういうものなんだ。大切だと言うなら、私が理解できるように説明しろ」

「え……それは……」

立樹は言葉に詰まって口を噤《つぐ》んだ。

幸せを理解できるように？　そんな説明、どうやってすればいいのか。

いや、それ以前の問題かもしれない。

楽しいことそのものがわからない相手に、そもそも幸せの意味が理解できるのだろうか。

たとえば、こうして美しい砂漠を見て感動する気持ちも幸せというものにつながるかもしれないし、野生動物の言葉が聞こえたときも立樹にとっては楽しいことだった。

ぐっすり寝るのもおいしいものを食べるのも幸せなことだ。クスクスを食べたときも幸せだと感じた。個人によって価値は異なるものだけど、そうした感情をこの男にどんなふうに説明すればいいのか。

「早く説明しろ」

「えっと……あの……幸せって……人によって違うんだけど、こう心の底からじわっとくるものがあって、天国にいるような心地よい気持ちになるんだ」

「では、私がそれを体験できるときはくるのか？」

真摯に問いかけられ、ますます言葉に詰まった。

体験——。

その前に、カイルにとってはなにが幸せということにつながるのだろう。

「わからないのか？」

「わざわざ体験するようなものじゃないんだ、感覚でわかるものって言えばいいのかな。それを感じていると、自然と笑顔が出るんだけど」

「笑顔？」

カイルは眉間に深いしわを刻んだ。

「うん、こういう感じで。ご飯食べたときも楽しいときもこうなるけど」

立樹は口角をあげてほほえんだ。

かぶりを振り、カイルはため息をついた。

「さっぱりわからない」

「さっぱりって」

「そんな顔になりたいとも思わない」

その返事にため息をつきたいのはこっちだと思った。

「じゃあ、カイルの望みは？　やりたいことって？　好きなことをしたら、きっと幸せを体験できるよ」

するとカイルは何の迷いもなく答えた。

「やりたいことはひとつだけだ」

「なに？」

「おまえとの交尾だ」

「……っ……そうじゃなくて……」

立樹は大きくため息をついた。

この男を人間だと思うから混乱するのかもしれない。

黒豹、人間の身体にも変身できる野生の獣なのだと思えば——。

そんなふうに己に言い聞かせていると、カイルが立樹の肩に手を伸ばしてきた。

「安心しろ、おまえの世界のことを知るために、私も手順を踏むことにした。交尾の前に、人間は友達から始めるそうだな」

「え……友達って」

唐突な言葉に立樹は口をあんぐりと開けた。彼の言っていることの意味がまったく理解できない。交尾の前に友達？　何なのだ、一体それは。

「人間社会では、つがいになる前、そうすべきだとシドが教えてくれた。おまえの国のつがいたちは、まずそこから始めるのだろう？」

「……」

ああ、そういえば、テレビの合コン番組でよくそんなふうに言っているのを見たことがある。

「なので、交尾の前に友達になるというのはどうだ？」

真顔で言われ、立樹はとまどいを感じてラグの上にしゃがみこみ、丸まるように座った。

一度身体の関係をもっているのに、今さら友達って。

だいいち異母兄弟で、友達というのも変だ。そもそも砂漠の帝王が普通の会社員か大学生みたいに「友達から始める」という言葉を口にしていること自体、ひどく不似合いで違和感をいだいた。

「私と友達になるのがイヤなのか」

立樹の隣に膝をつき、カイルが顔をのぞきこんでくる。

「友達って……あなたならたくさんいるだろう？」

「いない」

きっぱりと言われ、また言葉に詰まった。たしかに、帝王に友人などいないだろうけれど。

「おまえもいないと言った。ならちょうどよいではないか」

「あの……ごめん、あなたはきっと友達の意味を間違えていると思う。友達になったあと、つがいになるつもりで、そんなふうに言ってるんだよね」

「そうだ」

「だいいち……俺ともう寝たじゃないか」

「寝る？」

「あ……だから添い寝のようなものじゃなくて身体をひとつにして……」

「交尾のことか？」

その直截《ちょくさい》な言い方。やめて欲しいのだが、またそれは今度伝えようと思った。

「そうだよ、友達同士とはそういうことはしないものだから」

「では……もう私とおまえは友達になれないのか」

残念そうに言うカイル。その姿のむこうに肩やしっぽを落とした黒豹のシルエットが見え隠れする気がして、立樹はどうしていいか、どう説明していいのかわからずため息をついた。

「あの……カイル……その……俺……ちょっと混乱していてうまく説明できないかもしれないんだけど……別に、友達になろうなんてわざわざ宣言しなくても、こうして一緒にいたらもっとお互いをよく知れると思うんだ」

言葉を選び、相手にわかりやすいようにと思って説明したつもりだったが、カイルにはうまく伝わらなかったのか、瞬きもせずただまっすぐ立樹を見つめている。

「カイル……だから……その……きっと自然に少しずつ。俺はそういう感じで、あなたのことを知りたいんだけど……」

その言葉にカイルは納得したようにうなずいた。

「わかる、それなら私も同じだ」

「本当に？」

ああ、と首を縦に振り、じっとカイルは立樹の眸を見ながら頬に手を伸ばしてきた。

この男の癖が始まった。

初めて会ったときから、彼は宝石のような眸でまっすぐに立樹の双眸を見つめ、その指先で猫でもあやすように頬やこめかみを撫でてきた。

「長い間、私はずっとひとりだった。帝王の後継者として誕生し、帝国のため、一族のために生きるという重い責任を負っていて、人間たちが暮らしている世界やその事物に興味をむけることはなかった。そうする余裕もなかったのだが、別に知りたいとも思っていなかった。

しかし……」

まっすぐ吸いこむような眼差しで立樹を捉えたまま、顔を近づけ、今にもキスしそうなほどの距離でカイルが囁く。

「今は違う」

「違う？」

「人間たちの世界を知りたい。おまえがどんな世界で生きてきたのかを知りたい。おまえという人間をもっと理解するために。帝国に連れていく前に……しばらく人間社会のなかでおまえと生活を共有してみたい」

「でも……俺はつがいになるなんてまだ決心が……」

「決心はあとでいい。互いを知ってからでも」

頬を撫でていた指先が唇を撫で、彼がこめかみにキスしてくる。鼓動が早打ちしそうな気配がした。

舌先で舐められたときよりも、黒豹の彼に唇をすりよせられたときよりも、ずっとその唇があたたかくてやわらかなものに感じられて、どうしてだろう、息が震える。

「……っ」

彼から漂う香り。優しさのうえに愛しさを重ねて、さらに切なさを足したように感じられる。その芳香に酔いそうになったそのとき、カイルがぼそりと呟いた。

「またおまえからいい匂いがする。バクラヴァの匂いだ」

「え……」

「蜂蜜を溶かしたような……いつバクラヴァを食べた？」

立樹はかぶりを振った。

バクラヴァなんて口にしていない。モロッコに着いてからまだ一度も。

「食べ物なら、いつも一緒に食べているじゃないか。バクラヴァなんて食べてないから」

「では、これもおまえ自身の香りなのか？　いつもより濃密だから、バクラヴァを食べたのかと思った」

クンと鼻を鳴らし、カイルは立樹を抱きよせて首筋に顔を埋めてきた。

「心地いい気持ちになる。添い寝をするときも淡く漂ってくるが、今日はいつになく甘くて蕩けてしまいそうだ」

「待って……いい匂いがするのは……あなたのほうだよ、いつだって」

「違う、おまえだ」

やっぱりこの男は普通の人間とは違う、と思う。

こんなふうに猫がじゃれるように、唇をすりつけてくるなんて反則だ。

ついさっき友達から始めようなんて言っておきながら、いきなりこんなスキンシップをしてくるなんてずるい。もっといろんなことがしたくなるではないか。

どうしよう、首元に顔を埋めている彼の吐息が皮膚を撫で、その唇が皮膚をたどっていくたびに鼓動がいっそう早くなる。

それがわかるのか、カイルが手のひらを立樹の左胸に当ててきた。

「どうしたんだ、おまえの心臓は……風よりも早い。それに鼓動の音が大きい」

「風よりも早い？」

「ここの風は心臓の鼓動と同じ早さだから。また眠くなったのか？　それともなにかあったのか？」

至近距離でまっすぐ見つめられ、立樹は息を詰めた。

「……それは……」

あなたとこんなふうにしているからだよ……と言うのが恥ずかしい。普通の人間なら、このくらい察するかもしれないのだけど。

そんなふうに冷静に思えたのもそのときだけだった。

彼の手が胸の突起に触れたとたん、身体に奇妙なほど甘美な震えが奔った。

「ん……っ」

どうしたのだろう。彼の香りが濃くなるにつれ、下肢に熱がこもり始める。中心部の性器が少しずつ形を変えているのがわかり、立樹は息を止めた。

「これは……」

「本格的な発情期が始まったようだな」

その低い声が鼓膜に触れるだけで、背筋のあたりがぞくりとする。

「どうしよう……こんなことに」

「発情を抑えたければ、つがいの相手——つまり私と寝るしかない」

じん…と骨に響く濃艶な低い声音。力が抜けたようになってしまう。

「冷たい水があれば少しは熱も冷めるだろう。だが、交尾をしないかぎり、ただの応急処置に過ぎない」

「どうしよう……こんなことって。まさか発情期のライオンみたいにならないよね？」

「それはわからない。発情期のライオンは、一日五十回以上の交尾をする。虎もだ。やりすぎで、依存症になるやつもいるらしい。豹も近いものがある」

「近いものってどのくらい」

「さあ、個体によって異なる。ただ……発情期はどの生き物にも訪れるものだ。おまえにも、もちろん私にも」

「え……」

「おまえだけではない。私もだ、おまえとつながりたい」

どくりと心臓が高鳴る。髪を撫でてくる彼の優しい指の動き。黒豹の舌が舐めるかのような彼の癖。

「本当に？　まさか発情期なの？」

問いかけた立樹に、カイルは「ああ、当然だ」とうなずいた。

「だけど……どうして俺なの。あなたにはいろんな相手がいるのに」

「本能でおまえを選んだ。それだけだ」

カイルは目を細め、唇を近づけてきた。背中からラグの上に押し倒され、その上に彼がのしかかってくる。

「理由など私もわからない。ただ欲しいと感じるのは、おまえだけだ」

カイルが胸元を指でなぞっていく。細くて長くて形のいい、それでいて冷たいカイルの指先。つぷっと指先で乳首をつぶされ、立樹は浅く息を呑んだ。

「カイル……俺は……あの……っ」

二本の指で強く乳輪に刺激を与えられ、立樹はたまらず吐息をついた。ひんやりとしたその指に触れられただけで、身体の奥のほうがぞくりとする。

「この反応が証拠だ。おまえも本能で私に反応しているじゃないか」

「……っ待って……」

「友達になれないと言ったのはおまえだ。もう遅い」

カイルは立樹に唇を近づけてきた。

「ん……っ」

互いの舌が絡まった刹那、砂交じりの風の音とともに彼からの薔薇の匂いが強くなった。それに刺激され、身体が沸騰したように熱くなってくる。

「ん……カイル……っ」

絡まりあう舌に視界がくらんでくる。

このままずっとキスしていたい。

ううん、もっと欲しい。もっともっと強いものが。

そんな衝動に揺さぶられながら、立樹は彼との二度目の情交に溺れそうになっていた。

「抱くぞ」

冷たい手が鎖骨をなぞり、胸へと下りていく。

やんわりと爪の先で乳首をつつかれ、立樹はぴくりと身体を震わせた。その様子をカイルはさぐるような目で見つめている。

「これだけでも感じるのか」

「ん……っ……」

身体の感覚がどんどんおかしくなってしまう。こんなふうになにもない場所にいるせいか、恥ずかしさよりも本能に従いたい衝動が衝きあがってくる。

「気持ちいいのなら、その感覚に従え。おまえにとって私が必要な存在だというのがわかってくるだろう」

触れてきた彼のキスはひどくやわらかい。

口内に挿りこんでくる舌先。

切なくて狂おしい。キスだけで溺れてしまいそうだった。


それからどのくらいキスをしていただろう。

いつしか空には月がのぼっていた。

皎々《こうこう》とした月明かり、まぶしいほどの星の瞬き。目をひらくとカイルの肩のむこうに、砂漠の夜が広がっていた。

自分たちを包みこむように、一八〇度、見わたすかぎりの夜の世界。唇を離し、カイルはふとまじめな顔で呟いた。

「おまえの唇も舌も、やわらかくて甘くてとても好ましい」

好ましい。気恥ずかしかったが、彼が優しくそう囁くことに胸の奥があたたかくなる。

「おまえはどうだ、私とのキスは好きか？」

「それは……もちろん……」

先に相手から褒められたせいか、素直にそう答えていた。

もちろんそうでなくても、愛しいと感じる相手とのキスはこのうえもなく陶然としてしまうものかもしれないが。

「それならいい、おまえの本能はすでに私をつがいとして認めているのだから」

耳朶を嚙みながら、あやすように髪を撫でてくる彼の手。

もう一方の手はズボンのなかで淫らに蠢き、立樹の快感を導きだそうとしている。息がだんだん荒くなっていく。砂粒交じりの風の音を掻き消し、岩場に反響していた。

「キスも好ましいが、この肉体も好ましい。瑞々《みずみず》しく、しなやかな肉体だ。おまえの肌の味も感触も気に入っている」

心なしかカイルの声がいつもより甘い。その声に陶然としかけたとき、人差し指でぎゅっと乳首を圧しつぶされた。

「……っ！」

「ここが感じやすいのか。豹にとってはただ授乳するための器官でしかない。オスは退化しているはずなのに……人間のオスは不思議だ、ここが交尾を円滑にするための器官になっているとは」

カイルの舌先が反応をたしかめるように胸の突起をつついてくる。つるりと撫でられたとたん、そこがぷっくりと膨《ふく》らんでいく。

「綺麗な色の乳首だ、アーモンドの花びらみたいに慎ましやかで……それでいて淫らな香りがする」

アーモンドの花といえば、桜の花とうり二つの小さなピンク色の花びらをしている。

「ん……っ……ふっ……」

乳首を舐められただけで、変な反応をしてしまう自分が恥ずかしい。

砂漠と遺跡の間に立った岩山の頂上で、胸を嬲られながら身悶えているなんて。

「お願い……やめ……もう……そこに触らないで……お願い……っ」

必死に懇願するが、カイルはいっこうにやめようとしない。それどころかますますエスカレートしていく。

きゅっと鋭い歯先で乳首を抓《つま》むように嚙まれ、強弱をつけながら舌先でくりくりと弄られると、皮膚の奥にじんわりとした快楽の熱がこもってたまらなくなる。

「授乳以外にも、ここに役割があったことをしっかりとたしかめたい。こうしていると乳も出てきそうだな」

「ん……ふ……っ……出ないから……人間の男から……乳なんて……絶対出ない」

「それは残念だ。だが、形はメスみたいに大きく変化していく。肌が熱くなればなるほどこもぷっくり膨らむ。オスにも現象が存在するとは」

いちいち真摯な口調で身体の変化に反応されると、こちらが恥ずかしくなってくる。

「もういいって、何も言わないで」

「どうして? 私はおまえのことをすべて知りたいのに。ちょっとした変化も、どうすればこの身体が心地よく発情するのかも」

立樹の変化を味わいながら、ぐいぐいと唇と舌で乳首を揉みつぶしてくる。すっかり勃起している乳首は、そのたび、弾力を示して彼の指をはじき返す。

月がまばゆいせいか、夜目にもはっきりとその様子が視界に飛びこみ、恥ずかしさに立樹はいたたまれなくなっていく。

「ふ……ああ……っああっ」

立樹の身体の奥底にある本能を目覚めさせるように、しつこく乳暈を舌で弄んだり唇で乳首を食まれたりするうちに、むず痒い快楽の嵐に襲われていく。

「やっ……ああ……ぁっ、あぅ」

カイルに触れられているのは乳首なのに、なぜか連動して下半身まで快感が広がっていく。

「乳首を刺激されると、下のほうも気持ちいいのか？」

「……っああ――っ！」

立樹の中心がすでに形を変えている。カイルはそこに手を伸ばし、とろりとした蜜を指先で拭った。

「発情の証拠だ」

ねばりけのある透明な蜜を、カイルは舌でゆっくりと舐めとっていった。青白い月の光が彼の顔を照らしだす。

その官能的な艶っぽい仕草に、立樹の鼓動は妖しく脈打った。ドクドク、と。

「私が欲しいのか」

立樹の肩を押さえつけ、こちらの本能を見透かしたように見下ろし、なやましげな声で問いかけてくるカイル。困惑して顔を背けた立樹の態度でわかったのか、カイルはふっと目を細め、優しい眼差しで見下ろしてきた。

「おまえは捨て猫だな」

「え……」

「豹にはなれないが、人間にも自分にも執着がない捨て猫。誰も信頼しないくせに、誰かに庇護されたくて彷徨っているような。だから抱きしめたくなる。交尾とは違う形で」

カイルは苦く笑った。

「いつまでも抱いて眠りたくなる。不思議だな、交尾以外の衝動を感じるとは」

その言葉にきりきりと胸が締めつけられる気がした。

このひとのこういうところに惹かれる。

本能的な部分で、こちらの淋しさを包みこもうとしている気がして。会話だと、まったく気持ちが通じていないように感じるのに。

(不思議なのは……カイルのほうだ)

だから愛しいのかもしれない。そんな思いが胸に広がっていったとき、カイルが立樹の腰を浮かせた。

「……っ」

皮膚に硬質なものが触れたかと思うと、ぐいっと肉の輪を広げ、灼熱の肉塊が体内に抉りこんでくる。

狭い内壁が広げられ、ずくずくと腰の奥に埋めこまれていく性器。その痛みと刺激に腿ががくがくと震えた。

「ああっ、カイル……くぅっ……あ……あぁ……痛い……っ……！」

かぶりを振り、たまらずラグを爪で引っ掻いたそのとき、ふいにカイルの指先が髪の生えぎわのあたりを撫でた。黒豹の舌先で舐められているような、あやすような優しい動きに、立樹はうっすらと目を開けた。

「息を吸うんだ、それから力を抜け」

苦しそうなカイルの声。立樹は小さく息を吸った。

それでも苦しい。膨張した雁首が体内を圧迫していく。

体内で脈打つ彼の陰茎。じんわりとした熱がそこから伝わり、ドクドクとした脈動が骨まで響いてくる。その刺激が奇妙なほど心地いい。彼を銜えこんだ場所が疼いて、ひくひくと粘膜が痙攣する。

「あ……っ……っ」

息を吐くリズムと連動するように、立樹の体内が彼をきりきりと締めつけていく。すると、そこにいっそう重々しくのしかかってくるような肉塊の振動が伝わってきた。

「……っ、おまえの締めつけ……気持ちいいな」

「……ん……本当に？」

「ああ。おまえも……私を感じるのか？」

しんとした夜の世界。広々とした砂漠と誰もいない遺跡に囲まれたなか、ふたりの身体がたしかにつながっているのだと思うと、ふいに切なさと狂おしさのままぐちゃぐちゃに泣きだしたいような衝動が襲ってきた。

「感じる……どうしようもないほど……」

うっすらと眸を濡らしながら、そんなふうに答えていた。

「いいのか？」

いい？

そう……とてもいい。

さえぎるものがない夜の砂漠の広がりのようにカイルが与える快楽は際限がなくて、ふたりのつながりも永遠のもののように感じられてすごくいい。

「おまえの快感が……伝わってくる」

カイルは立樹の唇にくちづけしながら、あご、首筋、鎖骨を指先でたどっていく。やがて彼がある一点にさしかかったとき、立樹はぴくりと身体を震わせた。

「ここ……本当に好きだな」

乳首を熱っぽい指で撫でられると、ズン……と重苦しい痺れが奔り、続いて甘美な熱が全身を襲う。

「カイル……や……あ……っ」

息があがってくる。じわじわと体内で膨張していく彼のペニスに粘膜が圧迫されて苦しいはずなのに、どんどんそこにむず痒い心地よさが溜まってきてどうにかなってしまいそうだ。

「ああっ、あっ、ああっ、カイル……っああぁ」

立樹の声にも甘さがにじみ、浅ましくせがんでいるようにさえ聞こえる。

噎せそうなほど熱い。ハマームで蒸されてしまったように、立樹の全身は彼の熱に焙られてしっとりと汗ばんでいく。

「おまえの顔も身体も……すごくうれしそうだ……かわいい」

ぐいぐいとねじこむように乳首をこねまわされる甘ったるい刺激。肌がいっそう熱くなり、一気にのぼりつめてしまいそうだ。

「やだ……達きそ……カイル……っ」

「そんな顔をするな。すぐに達かせてやる。私と一緒に……」

いたわるように立樹の背を抱きよせたあと、カイルは腰を動かし始めた。

熱烈な、激しい抜き差し。

ぐいっと根元まで突きこまれ、立樹は身体を大きくのけぞらせた。

痛みも抵抗もあるのに、一気に奥まで突き入れられたとたんに、本能が呼び覚まされたように、どうしようもないほどの快楽に満たされていく。

「ああ……あぁ！　あ、あぁっ、ああっ！」

無我夢中で激しく突かれている。容赦なく抉りこんでくる肉塊。のぼりつめかけていた意識がさらに絶頂にむかって駆けあがり、ひくひくと小刻みに全身が痙攣し始める。

やがて熱い彼の精液が体内ではじける。

「ああ——っ」

ほぼ同時に果てた立樹はたまらずカイルの背にしがみついた。ドクドクと互いの振動がそれぞれ伝わっていく。体内に溶けていく火傷しそうなほどの熱さ。冷たい指先からは想像もつかないその熱さへの愛しさを感じていると、カイルが唇を重ねてきた。

「っ……ん……」

優しく唇を啄んでくる。その甘やかな動きに酔いしれるようにそっと目を細めたとき、彼の背後の月の光をまぶたに感じた。

この無限の世界で、自分とカイルがたしかにつながっている——という幸福感に満たされながら、立樹はカイルの胸に包まれていた。

6　愛の意味

「……ん……っ」

息苦しさと眠気が全身を支配している。

目を覚ますと、ベッドに横たわった立樹の身体に、テントのすきまから砂漠の朝陽が降り注いでいた。

ここにきてどのくらいになるのだろう。

あのラクダでの小旅行のあと、毎日ふたりでずっと身体をつないでいる。

そう、毎夜カイルに抱かれていた。

そうすることが当たり前のように、静かな砂漠のテントに立樹の嬌声《きょうせい》とふたりの肉のぶつかる湿った音がいつまでも続いている――そんな夜を過ごしている。

彼は人間のカイルとして立樹の身体を求め、射精を終えると、黒豹になり、抱きしめるように立樹と寄り添って眠る。

そうされていると、不安も心細さも消えて、彼のそばでずっと眠っていたいような感覚に囚われる。

今もそうだ。小さく吐息を吐き、身体のなかに残っている倦怠感《けんたいかん》に動くこともできずにいると、うたた寝していたときは黒豹だったはずの彼がいつのまにか人間になっていた。

「不思議だね、あなたはいつもそうやってすぐに変身できるのに、俺は……この先、絶対に豹になることはないの？」

半身を起こし、立樹はけだるげに髪をかきあげた。

「ああ」

カイルはミントティーを立樹に手渡した。

「その証拠に、どれだけ交尾をしてもおまえは人間のままだ」

「じゃあ、少し遺伝子が違うっていうだけで、俺はこのまま一般の人間社会で生きていくことは可能なの？」

「いや、人間社会ではそう長く生きられない」

「……え」

「もちろん豹の帝国に行ったところで、ひとりでは長く生きることはできない」

意味がわからない。ミントティーのグラスを手にしたまま、立樹が小首をかしげると、カイルは淡々と答えた。

「人間と我々の間にできた生物――つまりおまえのような存在は、歴史的に見ると、殆どのものが二十歳を待たずに亡くなっている」

え――？　突然の言葉に立樹は耳を疑った。

「種としての、決定的に生命力が弱いようだ。生まれる前に死ぬか、生まれてすぐに死ぬのが殆どだが、稀《まれ》に何人かが生き残る。といっても、やはり殆どは成人前に亡くなる。陸に上がった魚と同じで、身体のなかの物質に足りないものがあるのだろう」

「じゃあ、俺はどうして。だって、俺は現に成人しているし、別にそんなに身体が弱いって感じてもないし」

「仁科が気をつけて育てたんだ。親戚の医師と連携して。だからおまえのような弱い個体でも二十歳までもったのだろう」

弱い個体……。

「でも俺は健康だよ。この砂漠のテントで毎日暮らしても、慣れない環境なのに、熱を出すこともなく、感染症にかかることもなく」

「私のそばにいることで生命をつないでいる状態だ。私の生命の波動をうけているから、おまえは生命体として成り立っているんだ。我々と人間との間に生まれた子で、成人後もしばらく生き延びることができたのは、二千年以上の歴史のなかで、シェヘラザードのあと、数人しかいない。全員が後宮の人間だ」

「――っ」

立樹は目をみはった。

「おまえのような個体が生きていくには、つがいとして帝王のそばにいるしかない。第二、第三のシェヘラザードとして。おまえもそうすればいい」

「そんなに弱い個体なの？　あなたの愛だけを頼りに生きるしかないほど……」

「愛は関係ない。性の相手……つがい。欲望を分かちあう相手として私にそばにいればいいだけだ。そもそも私に愛などないのだから」

「え……愛を……でも、交尾とはずっと別に俺を抱きしめていたいって言ったじゃないか。淋しそうだから抱きしめたいって」

そういう感情を愛というはずだが。

「別に愛ではない。そもそも我々の一族に愛などという感情は存在しない。人間社会にはそのような感情があることは知っているが、私には理解不可能なものだ」

「じゃあ、俺の父親と母親は……」

「父もそうだ。おまえの母親を愛したわけではない。我々を探査しようとする思いあがった女を辱《はずかし》めただけだ。そこにおまえという種を植えつけてしまったのは、父にとっては唯一の誤算だったようだが。おかげで私が尻ぬぐいをすることになった」

「え……」

その言い方。立樹は息を止めた。

「おまえが人間社会にいると、寺本やモサント社から利用され、ゆくゆくは一族のことを暴かれてしまう危険性がある。おまえの遺伝子を人間社会の研究対象にさせる気はない」

一族のことが暴かれる危険性がある。

だから、自分のそばに置いておこうとしているわけだ。

父も母のことを愛していたわけではない。探査をさせないため、陵辱《りょうじょく》した。カイルはその尻ぬぐいをしているだけ。自分たちはそれ以上でもそれ以下でもない。

そう、それだけのつながりなのだ。

(好きになったしまったのに。そうだ……自分が大切にされて、愛されているように感じたりして……俺はなんてバカなんだろう。養母と朝春に別れを告げたあとは……この男と帝国に行こうなんて考え始めていたのに)

立樹はふっと息を抜いたように笑った。

「それならいっそ殺せよ。殺して燃やしてしまえば、俺の遺伝子なんてこの世から消えてしまう。あなたの欲望を植えつけられるだけの人生なんてまっぴらだ」

なぜだろう、逆ギレしたような言葉が出てくる。乱暴なほどの。

「殺すのは簡単だ。だがそんなもったいないことはしない」

冷徹に男が言い放つ。

「発情期を迎えた者同士、互いの欲望を分かちあえる存在なのに、どうしてわざわざおまえを手放さなければならないんだ。バカバカしい」

ただそのためだけの存在。そう言われた気がした。

「ではマラケシュに行く準備をしてくる。明後日、出発だ。スーツケースの中身の整理でもしていろ」

背をむけ、カイルが去っていく。

幕が閉じられたあと、寝室はシンとした静けさに包まれ、そのとき、立樹は自分がどうしようもなく孤独なことに気づいた。


薄明るいテントのなか、立樹はスーツケースを広げ、中身を確認した。

パスポートと現金を貴重品袋のなかに入れ直して、傍らに置いておく。電源がないのでスマートフォンもパソコンも立ちあげていないが、見たところ、幸いにも砂が入っている様子はなかったので、そのままスーツケースの奥にしまった。

そのとき、スーツケースがあったスペースの奥に、箱が置かれていることに気づいた。そこから大きめのボストンバッグが転がり出ている。

「これは……」

見おぼえのあるボストンバッグだった。

どこにでもよくあるようなタイプのものだったが、取っ手にぶら下がっているネームタグを見て、立樹は確信をもった。

「これ……仁科の父さんの……」

はっきりと、父の名と電話番号が記されている。これがどうしてここにあるのだろうと思ったとき、バッグの反対側に血しぶきがかかっていることに気づいた。

すっかり変色していたが、そこから漂う血の匂い。

おそらく人間なら気づかないだろう。だが、嗅覚においても昔から自分が少し人と違っていることを立樹は何となく気づいていた。

「……それは、おまえの養父のものだ」

立樹の背後に現れ、カイルが静かに言った。

「どうしてこれがここに」

「我々の墓を暴こうとした。そのとき、部下に見つかって殺された」

殺された——？

「では……養父は流行病に罹ったのではなくて」

立樹は驚いてふりかえった。

「遺体から我々の秘密が世間に暴かれるわけにはいかなかった。ちょうど近くで流行していた出血性の病のせいにすると遺体を日本に届けないで済む。だから」

「父の遺体は？」

「スカラベが大地に還した。残った骨は砂の下だ」

スカラベ？

その虫のことなら大学で学んだ。彼らは何種類かの種族に分かれていて、砂を愛する、謎めいた、土を掘る、など幾つも形容詞がつけられているが、彼らのなかにごくわずか死骸を食べる種がいる。

エジプトでは、死と再生、復活を司る神ケプリとして神格化され、護符としても売られているらしい。ツタンカーメンの胸飾りにも使われているとか。

「仁科の父を殺して、虫に食べさせたの？」

「おまえの養父だから殺したわけではない。我々の神聖な先祖の墓を暴き、データを採取しようとした。そこにあるのは、その証拠品だ。いつかおまえに仁科の本性を教えてやろうと思って捨てずに遺しておいた」

「嘘だ……彼は少なくとも俺には優しく接してくれて。だって実の甥だから」

そう言いながらも、本当はわかっていた。

彼が自分を実験動物だと見ていたことを。けれどそれでも心のどこかで、彼が少しでも自分を息子のように思っていたと信じたい気持ちが残っていた。

「実の甥を実験動物にしようとした。その契約書がそこに入っている。見てみろ」

カイルに言われ、ボストンバッグを開けると、そこには、アメリカ系の企業に、実験体として立樹の肉体を売る契約書類が入っていた。

その代償に、仁科を中心とした研究チームを作り、豹に変身する伝説の人間の存在を世間に発表するまでの計画過程が事細かく記されていた。

「違う、こんなもの……仁科の父が俺を売るなんて」

寺本の話からも、真実はわかっていた。だが信じたくなかった。

いつだって優しかったから。

「いいかげん受け入れろ。おまえの養父はおまえを売ろうとした。だがデータの収集に失敗して、私の部下に見つかって処刑された」

「処刑——」

「彼の罪は重い。だが、おまえを成人するまで育てたことへの敬意は払ったつもりだ。だから仁科の死体をスカラベの餌にした。命は命によって埋葬されるべきだからな。今ごろはオアシスの培養土となって砂に還っていることだろう」

突き放すように返され、どうしようもない苛立《いらだ》ちがこみあげてきた。

この男のせいじゃない。

それはわかっている。でも言わずにはいられなかった。

「あなたたちのせいでこんなことになったんだ。あなたたちの存在さえなかったら、仁科の父だってこんなことをしなかった。母だって俺を産まなくて済んだのに」

「私たちのせいだと?」

「だってそうじゃないか」

「バカを言うな。すべての原因は、立樹、おまえじゃないか」

「え……」

俺が原因——？

反論することもできず、ただ血の気の引いた顔で唇を震わせている立樹を気にかける様子もなく、カイルは淡々と言葉を続けた。

「おまえの母親の妊娠をたしかめるため、父はマラケシュまで出向き、そこで仁科に捕まりそうになり、逃げる途中に事故で亡くなった」

事故で亡くなったとは聞いていたが、そんな理由だったのか。

「それを知った私の母は、まだ幼かった私を連れ、帝国を去って、安全な場所で私を育てたが、その間に、仁科たちが持ちこんだ病のウイルスによって帝国の仲間が大勢亡くなってしまった。我々には耐性のないものだった」

「そんな……」

「その後、おまえを孕んだため、おまえの母親は死んだ。人間が我々の子を孕んだとき、必ず母親は出産直後に死んでいる。その子供の存在が人類初の発見になるので、仁科は日本に連れ帰り、肉体的に変化が訪れだす成人まで無事に育てた。あとはおまえとセットで売りつけるため、焼失したデータの補塡をしようと考え、我々の墓を探したが、部下に捕まって処刑された。それが現実だ。すべておまえが原因ではないか」

すべてはおまえが原因――何てことだろう。激しいめまいがする。自分は生まれてきてはいけない存在だったのか。

「だからって、スカラベの餌にすることはないじゃないか」

今さらどうでもいいようなことなのに、せめて少しでもカイルを責める理由が欲しくてそんなことを口にしていた。

「それのどこが悪い。なぜそんなふうに責める?」

「だって、死体を食べさせたんだろう?」

「そうだ。人間も豹もいずれ寿命が尽き、死んでしまう。死んだあとはスカラベによって土に還されるのが一番いい埋葬方法だ。仁科は、どんな思惑があろうとおまえの育ての親だ、だからこそ私なりに敬意をこめて埋葬したつもりだったが、それのどこが不満だ」

「不満だよ、そんな死に方をさせてしまったなんて。育ててくれた人なのに。将来、動物学者になりたいって夢をくれた人なのに」

「あいつは一族を大勢殺しおまえを実験動物としか見ていなかったんだぞ」

その言葉に、立樹は押し黙った。

知りたくなかった、そんなこと。知らなければ幸せな思い出のまま、仁科の父を悼むことができたのに。

「いっそ生まれてこなければよかった。あなたの異母弟になんて……なりたくなかった。あなたがいないと生きられないなら……放っておいて欲しかった。そうしたら幸せでいられたのに。こんな思いをしなくて済んだのに」

立樹はその場にしゃがみこみ、ひざに顔をうずめた。

こんな男、大嫌いだ。こんなに冷たくて意地悪で最低の男が異母兄。

（違う、違う、そうじゃない、本当は俺が悪いんだ、カイルも言ったように俺が原因なんだ。俺が生まれてきたから……）

カイルが出ていき、薄暗いテントのなかで無数の燭台の火が揺れている。

立樹はひとりになったとたん、そこに敷かれているムートンの毛皮のうえに横たわった。

時間が経つにつれ、深い哀しみが立樹の全身を襲っていた。

どうして普通の人間に生まれなかったんだろう。

孤独だ。世界中で自分だけが異質な人間だということに果てしない孤独を感じる。

そのせいか泣くことも、嘆くこともできない。

感情というものが死んだようになって、胸の奥がきりきりと痛む。

この胸の痛みは養父や母を死なせる遠因となってしまった自分の生に対してだけでなく、自分が世界中に同じ種類の者が一人もいない生き物だという事実への、心の深いところが悲鳴をあげている悔しさや哀しみ、淋しさから生じているものに感じられた。

（いっそ死んでしまいたい。消えてしまったら……そうだ、最後に養母と朝春に会って、お礼を言って、父のこのノートを渡して……そのあと、俺がこの世界からいなくなってしまえば）

もうすぐ義母たちがモロッコにやってくる。そのときまでがんばってここで生きて、それからあとは自分から砂漠の海に消えよう。

ぼんやりとそんなことを考えて横たわっていると、大きなバスケットを手にしたカイルが戻ってきた。

傍らにバスケットを置き、そこからとりだした果物を次々と立樹の横に山積みにしていく。彼が集めてきたのだろうか、柘榴《ざくろ》や無花果《いちじく》、葡萄《ぶどう》、棗椰子《なつめやし》、李《すもも》……といった果物のなかから、さっと葡萄をつかんで立樹の前に突きだした。

「口を開けろ」

眉をひそめると、彼の紫色の目と視線があう。本当に綺麗な眸だ。本物の宝石のように感じるのは、その眸のなかに何の感情も見いだせないからだろうか。

「いやだ」

「ダメだ、食え。早く口を開けるんだ」

「いやだって言ってるだろ」

「ダメだ」

カイルは立樹の腕をつかみ、身体を起こした。そして口をこじ開け、そのなかに葡萄の実を押し込もうとする。

「や……やめろ……っ」

「食うんだ」

「何で」

「食べていると幸せな笑顔になると言わなかったか？　だから食べろ」

「え……っ」

「幸せなんだろ、食べているときは」

幸せ――？

彼の言葉に目を見はったそのとき、次々と口のなかに葡萄の実をほうりこまれ、吐きだすこともできず、気がつけば立樹は咀嚼していた。

それを確認したあと、どさっと横に座り、今度は李の皮を剝き、立樹に差しだしてきた。

もしかすると、これはこの男なりに慰めているつもりなのだろうか。

いぶかしげに横目で見ながら、立樹は李を受けとった。

「別に食べたからって急に幸せになれるってわけないよ。それより……放っておいてって言わなかったか？」

「スカラベは砂漠では死と再生を象徴する生き物だ。私なりにそれがいいと思ったからこそ、選択した埋葬方法だ。それがそんなに悪いことなのか？」

「……わかったよ。それならそれでいいから……俺に話しかけないで」

これ以上、話すと、訳がわからなくなってまた神経を逆なでされてしまう。

「もういいからひとりにして。少しひとりで冷静になる時間が欲しい」

「ひとり？」

「冷静になりたい。いろんなことを整理したい。しばらくあなたの顔は見たくないって言ってるんだよ。せめて一晩だけでもひとりにして」

「発情期なのに、私から離れていたら身体が大変なことになるぞ」

「それでもひとりになりたい。身体がおかしくなってもいいから、俺から離れていて。今はカイルのそばにいたくないいんだ」

突き放すように言うと、カイルはわずかに目を細めて立樹を見つめた。

誰もいない砂漠の夜を思わせる淋しそうな眸。

あのとき、ふたりで岩山にのぼったときに感じた、この世界に誰もいない感覚。

（どうしてそんな目で……）

ショックを受けているのはこちらのほうなのに。

カイルがいないとすぐに死んでしまうような弱い個体だと言われ、育ての親から実験材料にされていたと知り、さらにその死体をカイルが虫の餌にしたと知って、頭がどうにかなってしまいそうなほどショックを受けて、めちゃくちゃ傷ついているのは自分のほうだ。

それなのに、どうして彼のほうが傷ついたような、頼りなげな顔をしているのか。まるで意地悪をしているようじゃないか。

「わかった。一晩だけだぞ。私はあの岩山で過ごす」

「カイル……」

「今夜だけ養父の遺品と一緒に寝ろ。そして一晩でこれまでの人生を忘れろ。明日、マラケシュでおまえに護符を与える。そうなれば完全におまえは私のものだ」


一晩でこれまでの人生を忘れろだと？　そしてあの男のものになれと言うのか？

いやだ、無理だ、そんなことはできない。

（せめて母さんに会いたい、会って自分がちゃんと生きていけることをたしかめたい、人間の社会にもどれることを）

彼らの待つ世界にもどりたい。息を切らしながら、立樹は砂の上を走っていた。

「く……っ……は……っ……ふ……く……っ」

どうしたのだろう、カイルと離れて数時間しか経っていないのに、身体がだんだん苦しくなってきている。

発情期のせいなのか、それとも彼のそばにいないせいなのか。じっとしていると、肌も骨もとろとろに蕩けそうな気がする。

身体がおかしい。尽きない泉のように情欲が衝きあがってきてどうしようもないのだ。

『それが発情期ってやつだ。今のおまえは盛りのついたメス猫と同じなんだよ』

じん…と骨に響く濃艶な低い声音が耳の奥でよみがえる。

本当にメス猫みたいになってしまったんだろうか。

いやだ、そんなのいやだ、いやだいやだ。

カイルへの反発心、養母に会いたいという思い。その一心だけで立樹は必死になって砂漠を進んでいった。

以前に岩山から見た集落。

そこまで行けば、近くに街道があるので車での移動も可能だと言っていた。

街道はおそらくカスバ街道。だとしたら、マラケシュまでバスが出ている。もう数日後には養母たちがモロッコにくるはずだ。

そのときまでに自力でマラケシュにもどって——そんな思いで立樹は必死に突き進んでいた。

あたりが少しずつ薄明るくなってくる。

ようやくテントがはっきりと見え、周囲に灌木が広がり、棕櫚の木々のむこうに泉らしき水場が姿を現した。しかしそのとき。

「……っ！」

シマハイエナの集団に出くわし、立樹は身動きすることができなくなってしまった。

立樹に気づき、一斉にまわりをとりかこんでいくハイエナたち。

相当、腹を空かしているようだ。おそらくもう何日も食べ物にありついていない。
五、六頭くらいいるのだろうか。いや、もっといる。
さらにそのむこうの灌木の陰にもう何頭か潜んでいるのがわかる。ハイエナの群れと出くわしてしまったらしい。

砂漠の地平線に顔を出した朝陽が立樹の背に降りかかる。

一歩、光のある方向にあとずさると、前方にいた二頭のハイエナがじりじりと両脇から立樹に飛びかかろうとした。

だがそのとき。

「――――っ！」

はた、と彼らの動きが止まる。

（まさか――――）

息を殺したまま、立樹は横目で砂漠に視線をむけた。

ゆらり、と陽に照らされた黄色い砂漠の砂に、黒い大きな影が揺れる。

ハイエナに出くわしたとき以上の戦慄が立樹の身体を駆けぬけていく。

細く長く伸びた四つ肢の大きな肉食獣のシルエット。

ハイエナの何倍もの大きさの一頭の豹らしき野生獣が、そこに佇んでいる。その影が黒く長く伸び、立樹の視界にも入っていた。

そこにいるだけで他の生物を圧倒するオーラ。

影だけしか見えていないのに、自分の背に立つ生物が醸しだしている存在感に、立樹自身、呑みこまれそうだった。

ハイエナたちが恐れをなして逃げ去っていく。

ふりかえると、カイルがそこに佇んでいた。

「行くぞ」

「誰があなたなんかと！」

立樹はとっさに集落にむかって足を進めた。すると後ろから冷たい声が聞こえる。

「無駄だ、あそこも私のテリトリーだぞ」

「え……っ」

ひきつった顔でふりむくと、カイルは目元に冷ややかな笑みを刻んだ。

「昨夜の余興には楽しませてもらったぞ。発情期の肉体をもてあましながら、必死にこの私から逃げようと砂漠を走るおまえを眺めるのは……実に楽しかった」

「な……」

「おまえの愚かなほどの一生懸命さ。その愛らしさに免じて、昨夜のことは許してやる」

「っ……別に……許してなんて……」

「いいや、許してやる。だから逃げたければ逃げろ、何度でも逃げたいだけ逃げればいい。絶対につかまえる。そしてそのたび、許してやろう」

「……っ」

「行くぞ」

立樹はかぶりを振って、あとずさった。

「なぜ逃げる、私がいないと生きていけないくせに」

「違う！」

「愚か者め。すなおに私だけを見つめ、愛すればいいものを」

「っ……あなたがそれを言うのか？　人を愛したことなんてないくせに」

「私には必要ない。必要なのは、つがう相手。身体の欲をわかちあう相手だ。おまえを求めているのも愛しているからではない。おまえほどふさわしい者が存在しないからだ」

「そんなの……おかしい」

「おかしいのはおまえだ。私のつがいという、最高の人生を与えてやると言ってるのに」

「お断りだ。俺はひとりで生きていく。日本に帰国して」

本当は砂漠で死ぬ気だったが、そんなふうに言われるは反発をおぼえる。どうせ彼から離れるとすぐに弱ってしまうような個体だ。どこで死ぬのも同じだろう。

「なら、殺す」

「え……」

「おまえを逃がす前にその息の根を止め、スカラベの餌にして砂漠の砂の底に葬ってやる。おまえの骨の欠片、細胞のひとつひとつ……そのすべては私のものだからな」

「カイル……」

立樹は硬直したまま、さらにあとずさっていた。

顔から血の気がひくのを感じている立樹をじっと見据えながら、カイルは砂を踏みしめ、じりっと近づいてくる。

すでに太陽は高々とのぼり、眩しすぎて、かえってあたりがぼやけて見えてしまうほどだ。真昼には巨大な溶鉱炉のようになってしまうだろう。

ここで死んだら、彼は自分をスカラベの餌にしてしまうのか。

「そんなに怖いのか、私が」

わからない。怖いかどうかも、この男がなにを考えているのかも。

どうして彼がそんなことを言うのか。どうしてそこまで自分に執着するのか。それが理解できないから。

そうだ、逃げたら殺すだなんて――――。

彼なら自分など相手にしなくても、つがいを見つけることも可能なのに。

立樹のとまどいが伝わったのか、目を細め、カイルが肩に手をかけてくる。

「答えは自分で見つけろ」

ふわりとその大きな黒い布のなかに抱きこまれたとき、カイルから漂う甘く官能的なモロカンローズの香りに幻惑されたように、立樹はまぶたを閉じた。

「行くぞ。早くその身体をどうにかして欲しいのだろう?」

男の声が低く響く。

立樹は自分でもどうしたいかわからないまうなずいていた。


カイルに連れられ、オアシスのむこうにある集落にむかう。

発情した身体をひとしきり求められ、情交をかわしたあと、カイルは旅の支度を始めた。

「このままマラケシュにむかう。先にシドが荷物をもって、近郊にあるメルズーガという街にむかう。そこで私とおまえが乗る小型飛行機を用意して待っている」

「飛行機?」

「メルズーガからのカスバ街道の途中に、例のセンターがある。その近くは通りたくない。

寺本もモサント社もあのままあそこに残って、センターを再建している途中らしい。なにかあっては困るだろう」

マラケシュに行けば、数日後、養母と朝春に会えるかもしれない。ちょうど彼らが仁科の父の遺品整理のためにやってくる日程と重なる。

「しばらくそこで暮らすつもりだ。以前に言っただろう、あそこには私の邸宅があると」

シドが旅立ったあと、カイルは立樹にアラブ服を身につけさせた。

「ここに乗れ。私とおまえはラクダでもう少し先まで進む。シドがメルズーガの様子を確認し、もどってきたあとは車での移動だ」

そのあと、カイルたちはラクダに乗り、砂漠の道を進んだ。

「着いたら、おまえの身にヘンナを入れる」

「……」

「そうなれば、完全におまえは私のものだ」

「そのつもりはない、だから逃げた……と言っても？」

「おまえが生きていく道は他にないぞ。死ぬと言っただろう。帰国しても同じだ」

「それしか方法はないの？　あなたのそばから離れると、俺は本当に死んでしまうの？　どのくらい先に？　いつ？」

立樹はカイルの背にしがみついたまま、問いかけた。

「三カ月か半年か。一年持ったという例は聞いたことがない」

カイルから離れると、長くて半年しか生きられない……。

「だが……ひとつだけ方法がなくはない」

カイルは改まった口調で言った。

「我々の王家に代々受け継がれてきた小さな宝石。おまえにやった指輪と対になっている宝石がある。護符、我々をあらゆる邪悪なものから護るもの。あの指輪の宝石とその宝石を身にとりこめばいい。スカラベが葬ることができないもの——それを体内にとりこめば、おまえは普通の人間としての寿命をまっとうすることができるだろう」

宝石？　そこに強力な磁気かなにかあるのだろうか。

「王家にって……それは……どこにあるの？　宝石を体内にとりこむって……それ、食べられるものなの？」

「食べられるものだとしたら……食べたいか」

どんなものなのかわからないが、手に入るなら手に入れたい。

ひとりの人間として自分の足で生きていくことができる。生きるためにカイルに依存しなくても。そうだ、このままだと彼に寄生しているようではないか。

「当然だよ。そうすれば、俺は……自分の人生が生きられるじゃないか。お願い……それはどこに」

「さあ」

「さあって」

「それを与えたら、どうせ私から離れるだろう。私のものでいれば普通に生きていれるのだ。無理に手に入れなくてもいいだろう。ヘンナを入れ、私のつがいとして砂漠のむこうにある帝国に連れていく。そこで暮らせばいい」

カイルは悪びれもせずさらりとそう返し、ラクダを前に進ませた。

(無理に手にいれなくてもいい……か)

そうしてしばらくすると、前方にオアシスが見えた。その前には、白壁でできた小屋があった。観光客相手のホテルかなにからしいが、今はオープンしていないようだ。

「今夜はあそこに泊まろう。鍵をもっている」

「……」

「喉が渇いただろう、飲め」

オアシスの前でラクダを降りるとカイルは口元を覆っていた漆黒の布をとり、ラクダの鞍にぶら下げていた革製の水筒を立樹に手渡した。

水筒を手に、立樹は砂漠を見つめた。ゆるやかな黄色い砂丘。生き物の姿はなにもない。草木すらない。頭上からはただただ強い陽射し。自分はこの砂漠のようだと思った。

生きていない。カイルがいないと生きていくこともできない。

水筒を手にしたままぼんやりと佇む立樹に、後ろからカイルが声をかけてきた。

「自分の人生が生きたいのか？」

「カイル……」

「私を愛していないのか」

振りむいた立樹に淋しそうな顔でカイルが問いかけてくる。

風がふき抜けるたび、彼の黒いカフィーヤが鳥の羽のようにはためき、風紋を刻んだ砂漠にその黒い影がくっきりと刻まれていた。

「初めて会ったときから、おまえが私という存在に惹かれていることに気づいた。孤独な心のなかに一気に私への愛をあふれさせていくのもわかった。だが今のおまえからは私への愛を感じない。どういうことだ」

不思議そうに真顔で問いかけてくる。

この男には、こちらの気持ちがそんなふうに見えていたのか。

「それは……あなたが愛など必要ないと言うから」

立樹はまっすぐ男を見つめた。

いつものように無表情。なにを考えているのかまったく読めない。

砂漠に伸びた彼のシルエットは人間のまま。豹に見えるときと人間に見えるときと、どう違うのだろう。

「愛されないと……愛せないのか」

「そういうわけではないけど」

「おまえの愛があったからこそ抱いた。そして生涯面倒をみようと思った。なのになぜ逃げたがる」

「わからないから……混乱してるんだ。俺は……あなたに愛されたいし、つがいにしたいという言葉のむこうに、少しは俺への好意があったと思っていた。だけど」

「私の愛が欲しいのか？」

さも意外そうにカイルが問いかけてくる。

「欲しいもなにも……俺が生きてきた世界では、普通は愛しあう者同士がつがいになるから。片方だけの愛だけでは成り立たない」

「私がおまえを愛するのか？　どうやって」

どうやってって……？

立樹は絶望的な目でカイルを見上げた。

無理だ。根本的な部分で理解しあえない。価値観が違いすぎるのだ。

「じゃあ教えて。俺が愛していなければ、あなたはどうするの」

唐突に感じたのか、カイルはわずかに目を眇めた。

「別に私自身はなにも変わらない」

「では愛さないようにしていく」

「どうして。でなければ、おまえは死ぬと言っただろう」

「死んでも……愛したくないって言ったら？」

「生きるために、私を愛するんだ」

「イヤだ……できるわけがない。俺は宝石を探して独り立ちする。自力で生きていく。あなたから解放されたいし、あなたも自由にすればいい」

「だが、私はおまえの愛が欲しい」

「え……」

立樹は耳を疑った。

愛が欲しい？

「教えろ。愛というものが何なのか。わかるときがくるかもしれない。だから愛をくれ」

愛をもらってどうするのか。愛など知らないと言っている男が。

「教えろって……だけど……」

口ごもったとき、いきなり腰を抱き寄せられる。驚いて抗う間もない早さで、彼の唇が言葉の続きを呑みこんでいった。

頭上からまばゆい太陽。唇も、指も、そして身体も、砂漠に反射して照りかえる陽の強さに灼きつくされ、重なった唇から互いが蕩けてしまうような気がした。

「っ……ん……ん……っ」

「教えろ、どうやって愛するのか。でないと殺すぞ」

「カイル……」

「スカラベの餌になりたくなかったら、私に愛を教えろ」

そう言いながら、強く唇を押しつけてくる。

弾力のある唇。狂おしいキス。呼吸ごと奪いとるような激しさ、皮膚を引きはがすほどの勢いでカイルは立樹の唇を求めていた。


その夜、彼が鍵を持っていた砂漠のホテルで獣のような交合をくりかえした。

立樹のシャツをはだき、カイルがもの狂おしげに乳首を嬲ってくる。果実の実をくりくりと舌先で弄ぶように。

人間というのはそこがひどく感じやすいのだとカイルが感心していたのを思いだす。

「いいな、おまえが私に教えるんだ」

愛を教える？　どうやって？

自分だって、ようやくこの男を好きになって、人を愛するということを知ったばかりなのに、どんなふうに教えればいいのかが立樹にはわからない。

「わからない……俺はどうやって愛を教えるかなんて」

「どうして」

そんなこと訊かれても困る。今まで人間らしい感情を否定してきたのは誰なのか。

幸せも楽しいこともさっぱりわからない。興味もない。したいことは交尾だけ。つがいに立樹を選んだのは本能的なもの。発情期同士、欲望を分かちあうのにちょうどいい。その言葉にどれだけ傷ついたか。

「だって人間じゃない相手に、どうやって人間の愛を教えればいいのか」

「人間じゃない？」

カイルが眉をひそめた。

「私はおまえにとって、人間ではないのか？」

あまりにもまじめな顔つきで問われ、一瞬、困惑したあと、立樹の胸にほんの少しだけ嗜虐的な衝動が芽生えた。これまでの言葉へのささやかな復讐とでもいうのか。

「え……人間だったの？」

気がつけば、そんなことを口にしていた。すぐに後悔したものの、カイルのことだ、「やはりそうか」と受け流して終わると思った。けれど違った。眉間にしわを刻み、いつもの冷静な口調ではなく、混乱した様子で尋ねてきた。

「私は人間とは完全に違う生き物なのか？　黒豹のときではなく、今、こうしてこの姿をしているときも人間とは異質なのか？」

　異質すぎる、だって人間は獣に変身したりしないし、そんなふうに変身する人間を忌《い》み、畏れてきたから——とは言えず、とまどっている立樹の態度で理解したのだろう、カイルは小さく息をつき、半身を起こした。

「そういうことか」

「あの……カイル、俺は……」

　ふと彼を傷つけた気がしたそのとき、車のエンジン音が聞こえた。

「カイルさま、少しよろしいでしょうか」

　テラスのむこう。カーテンで仕切られた外からカイルを呼ぶ声。シドのものだった。

「なにかあったようだ」

　立樹から離れ、カイルは椅子にかけてあったアラブ服に手を伸ばした。

　そしてカーテンを開けて、外へと出て行く。

　あたりは陽が暮れ、砂漠に夜のとばりが降りていた。

「メルズーガは危険です。街道に怪しい者がいて、空港もチェックが入っています。車を用意しました、明朝、カスバ街道からではなく、いったん車でフェズ方面にむかって、そこから飛行機でマラケシュに入られるのが安全かと」

「わかった、そうしよう」

「それから……旅の途上で、一族の者を発見しました」

「生きていたのか」

カイルの声がトーンをあげる。

「いえ……豹のまま力尽きていました。オアシスのむこうに」

彼のため息を聞こえてきた。

「……わかった、今から埋葬しよう」

しばらくシドとの話し声がしたあと、すべての気配がなくなった。

ふいに不安になり、立樹はアラブ服を身につけて建物の外に出た。

砂嵐はやみ、小さなオアシスのむこうにすべてが枯渇した砂漠が広がっている。

泉のそばに佇む黒いアラブ服の男――カイル。

人間の姿をした彼の黒い影が長く伸びている。

シドの姿はない。彼一人しかいない。

さらさらと風が吹くたび、美しい風紋が刻まれていく海の底のような砂丘。

なにをしているのだろうと思って近づいていくと、彼の視線の先に月光を受けてきらきらと煌めいているブルーグリーンの宝石のような光の群れがあった。

砂のむこうまで続いている一団。よく見れば、甲虫の角をとって丸く圧縮させたような小さな虫が一列に隊列を組んで砂の上を進んでいる。

それはスカラベの行列だった。

「スカラベを見てるの？」

後ろから近づき、問いかけると、カイルは腰に手をあてがい、静かに目を細めた。

「あの砂丘の頂きに、仲間の豹の死骸を置いてきた。月の光のなか、スカラベたちに埋葬されるように。途中でシドが発見し、私のところに運んできたんだが、こんな近くに、まだ生きている一族がいたとはな」

「このスカラベは……？」

「葬送のために集まったものだ。ここの風は、人間の心臓の鼓動と同じ早さだという。スカラベの歩く速度も同じ。すべてが弔《とむら》いの音楽のようだ」

「弔い？」

「そう。死と誕生。我々の肉体は死んだあとスカラベによって無になり、魂は闇の世界で再生し、新たな帝国の一員になると言われている」

スカラベによって——。

「あと……どのくらいの者が残っているのか」

ぼそりと呟き、カイルはそっと瞑目《めいもく》した。

「仁科もこうして無になった」

スカラベによって無に還される。これが彼らの葬儀方法なのだ。

風が彼の黒いアラブ服をひるがえしているだけの静かな夜の砂漠。

いつしか風がやみ、怖いくらいシンとした夜空に星がひとつ瞬き、またひとつ瞬く。人の命のように儚げに星々が点滅するなか、じっと佇み、祈るように目を閉じているカイル。スカラベの葬送は彼にとって神聖で厳かな儀式なのだ。その姿を見ていると、心が洗われるように澄みきってくる。

彼が目を開けるのを見はからい、立樹は声をかけた。

「カイル、ごめん、仁科の父のこと……あなたはあなたなりに葬儀をしてくれたのに、ひどいことを言って」

「どのみち、私たちの一族はどうしても人間から忌み嫌われる」

「さっきのことなら、俺の説明が悪かった。あなたは少し変わっているけど……」

しかしカイルは立樹の唇に手をあて、かぶりを振った。

「いい、優しさでごまかすな。私が異質なら、はっきりそう言えばいい。砂漠では帝王でいられても、人間とは共存できない生き物なのだろう？　おまえが人間だと実感すればするほど、私とは相容れない存在なのだという気がしてくる」

「何で」

「だんだんおまえが遠ざかっていく気がする。愛を教えろと言ったあと、心の底に乾いた砂漠の砂が吹きぬけていくような感覚をおぼえた。冷たいものが身体のなかに溜まっていく。

これまで一度も感じたことがない感情だ」

そう言って微笑するカイルの顔には、今まで見たことのないような淋しげな色がにじんでいた。

「カイル……どうして」

「私は人間からすると悪しき生き物だというのはわかっていた。だが実際に、おまえと触れあうまで、そんなふうに感じたことはなかった」

カイルは静かに言葉を続けた。

「つがいになるというのは、もっと単純で簡単なことだと思っていた。ただ欲望のままに求めあい、生涯、互いを護りあえばいいと。だが、おまえは複雑だ。おまえの言葉の意味が私には殆どわからない。幸せも楽しいことも愛も――しかし、だからこそひとつわかったことがある。これまでわからなかったことが」

「わからなかったことって」

「どうして私という存在が人に忌み嫌われるのか、どうして研究材料にされるのか――その本質まで深くは理解していなかったが、今ならわかる」

カイルは遠くを見つめ、風に揺れる前髪を搔きあげた。

「でも崇拝する人もいるって言ってなかった？」

「私に幻惑される人間もいるが、あとは殆どが忌み嫌っているではないか」

投げやりにカイルが吐き捨てる。

「畜生と人間の間を彷徨う悪魔のような生き物として、穢らわしい生き物として。人間社会では、私のような存在を、いつも悪のなせるもの、魔物だとして迫害してきた歴史がある。今も同じだ。実験動物になるしかない。私は自分がそういう生き物なのだと、おまえと触れあったことでようやくその本当の意味が認識できた」

「何で……何で俺と触れあったからって」

「心の底から、人間を理解したいと願ったからだ。おまえをもっとよく知るために、おまえが生きている世界の人間がなにを思って、どんなふうに生きているのか、それを心の底から理解したいと願ったゆえに……私はどうやら禁断の実を食べてしまったらしい」

禁断の実——アダムとイブの林檎《りんご》のことか。

「砂漠の帝王として生まれたことに後悔はない。一族の長として、義務は果たすつもりだ。だがおまえは違う。同じ血をひいていても人間社会で生きていける。個体としての弱さを補うことさえできれば」

宝石の在処《ありか》を教えてくれるのかもしれない。人間社会で生きていったほうがいいと言われているのだろうか。立樹は返事をせず、カイルの次の言葉を待った。

「だとしたら、私たちは離れて暮らすべきなのか？」

その悲痛な問いかけに、立樹は唇を嚙みしめた。

離れて暮らすべき――それは互いが理解できないから？　彼の言葉が頭のなかでがんがん鳴り響く。

「おまえはどう思う？」

「俺？　そ……そうだね、いっそそのほうがいいかもしれないね」

「そう思うのか？」

「あなたのことは好きだけど、一生ふたりきりで生きるのは勇気がいるし、あなたは仲間の女性と……つまりメスとつがいになって、子孫を作ったほうが幸せになれると思うし」

「それが幸せというものなのか？」

「……っ」

ふたりの間に、一瞬、夜に包まれた沈黙が落ちる。

闇夜にのぼった月は、地上の現実を浄化しそうなほど澄んでいる。そこに点在しているスカラベの光もなにもかも。

この男には感情だけでなく、自分がどうしたいという意思もないのだろうか。

しばらくして、立樹は落ちついた口調で諭すように言った。

「そのほうが幸せだと思うよ。ずっと自然だから。あなたは女性と結婚して、子供を作って、帝王として、王家の子孫を繁栄させていくべきだ」

立樹の声が静寂のなかで反響する。

「正論を聞いているのではない。知りたいのはおまえの意思だ。おまえもそのほうが幸せというものを味わえるのか？　私が尋ねているのはおまえにとっての幸せの定義だ」

「俺にとっての幸せ？」

「私を愛し、ともに生涯をまっとうし、ふたりでスカラベに埋葬され、魂をつなぐ。そんな人生を歩むのは、おまえにとって幸せなのか、それとも不幸なのか」

その問いかけに胸が詰まる。

これは彼なりの思いやりだ。それがわかるから。

(俺は……どうしようもないほどこの人が好きだ。愛している。一緒にいればいるほど愛してしまうだろう。きっとすごく幸せを感じる)

だけどどうしていいのか、先の人生までは見えない、なにが幸せかだなんてすぐにはわからない。そう思ったとたん、わけがわからず、眦が熱くなった。

「立樹……？」

「わからないんだ、あなたのことは好きだけど……このまま愛していいのかどうか」

「愛したいのなら愛せばいい」

「だけど……あなたは俺を愛していないから。俺にとっての幸せは、あなたが幸せであることでもあるけれど。あなたが俺をどう思っているのか——それを考えたら辛くて」

「私の気持ちのなにが辛いんだ」

「性欲の相手、つがいとして欲望を分かちあう相手。それはわかってるよ、でもそういう相手が必要なら、俺じゃなくていいじゃないか。ちゃんと仲間の女性を選べよ。そうすれば子孫も繁栄するし、帝国の将来も安泰だ」

「おまえはそれでいいのか」

「そのほうがいい。俺はそれでいい。だから宝石を手に入れて、帰国する。日本で学者として生きていく」

「私がおまえを愛しても……そうしたいのか？」

「え……」

愛してもって――――。

「教えろと言っただろう、愛を教えてくれたら、そのようにおまえを愛してやる。だからいなくなるなと頼んでも、帰国するのか？」

初めて聞く淋しそうな声だった。

泣いているような。決してそんなことはないけれど、仲間を求めて啼《な》く獣の遠吠えのように切なく、胸に抉りこんでくる。

（どうして……）

立樹はカイルを見あげた。

「そんなことをしたら人間社会を破滅させてしまうぞ。どのみち、私は呪われた悪魔だ。おまえを追いかけて日本に行って世界を滅ぼすのもいいな」

「え……ちょ……どうしたんだよ」

知らないくせに。日本がどんな国かも、人間社会がどんなものなのかも。

「カイル……」

「私のつがいはおまえだけだ。子孫など必要ない」

「……俺が必要なの？」

「生きていくために。帝王としての役目をまっとうするために」

カイルはひざまずき、改まった様子で立樹の手をとった。

「改めてたのむ。だから私のつがいになってくれ」

切なげに懇願してくる紫の眸。

どうしてそんなに狂おしくこちらを見つめてくるのだろう。砂漠の帝王なのに。豹の一族のなかで君臨している男なのに。

知性にあふれ、部下たちからも慕われ、誰よりも美しい容姿。それなのに、どうしてそんなに淋しそうに自分を求めてくるのだろう。

愛がわからないと言いながら、愛が欲しいと言う。愛したくないと言うと、愛を教えろと頼んでくる。

愛など必要ないと言いながら、立樹の孤独を実感すると、黒豹の姿になって交尾とは関係なく抱きしめたくなると言ってくる。幸せの意味がわからないと言っておきながら、立樹の幸せが何なのかを考えようとする。

逃げたら殺すと言ったかと思えば、逃げたら追いかけてまわりを滅亡させるとまで言う。

矛盾だらけ。ころころと言うことが変わる。

(だから知れば知るほどわからなくなってくる。あなたが何なのか)

それでも……そのむこうに、多分、彼自身、まったく自覚していない愛を感じる。

そう思うのは自分の勘違いだろうか。

少しずつ彼のなかに、愛というものが萌芽し始めているように思うのだ。

彼自身、その感情を理解できないから、どう表現していいかわからないから、矛盾したことを口にする気がしてならない。

そうだ、彼のなかに、おそらく本人もまったくわかっていない立樹への愛があるはずだ。

そうでなかったら、こんなにも、この眸が切なげに自分を見るわけがない。

(そうだよね。カイルは俺を本当に大切に思っているよね)

まだ自覚されていない彼のなかの愛情。それをたぐりよせるかのように、立樹は差しだされた彼の手をつかみ直していた。

「わかった。つがいになる。あなたの相手に――」

7　黒豹の花嫁

「きなさい、護符をおまえに刻む」

迷宮のような路地を進んでいくと、あたり一体に不思議な植物の匂いが充満する。

「ここは？」

「マラケシュから職人を呼び寄せた。ここのほうが静かで安全だ。シャウエンに似ているが、ガイドブックには出てこない。この国で最も美しく、神秘的な迷宮の街だ」

あたり一面が青一色に包まれた不思議な街だった。

建物という建物の壁が青に染められ、空気さえも青白く見える街。

見あげると、空までいつもより濃密な青に染まっている。

人々の服も靴も、家具もなにもかもが青一色。この世のものとは思えないほど静かな青に包まれた街の奥へと踏みこんでいく。

前を行くカイルからまた薔薇の香りがした。

そんな迷宮を彷徨うように歩き続け、たどりついた一角。

「カイルさま、ようこそ」

ひっそりとした中庭も青いタイルで統一され、そこにまばゆい太陽の光が降り注いでいた。

その陰になった妖しい透かし彫りの壁に囲まれた場所。深閑とした庭に、泉から流れる水の音が聞こえてくる。

「ヘンナ――おまえに私の印をつける。代々、帝王の妻が肌に刻んできた護符。この護符があるかぎり、帝王は妻が世界中のどこにいても見つけることができる。たとえ死体になっていても捜しだし、スカラベの埋葬をほどこしてやることができるんだ」

メス、つがい――ではなく、彼の口から「妻」という言葉が出てくるのがうれしかった。

もちろん自分は男なので「妻」と言われるのもおかしな感じだ。

だが、これまで獣としての言葉しか使っていなかった彼が、人間を相手にする言葉を使うようになっていることに仄かな幸福感を抱いた。

きっとこうして彼は少しずつ変わっていく。人間らしくなっていくのだろう。

立樹と触れあうことで彼のなかの人間としての感情が目覚めている。

(そう思うと、何か泣けてくる……)

彼の無垢さ、彼の透明感。彼がこの世のどんな邪悪にも染まっていないということがわかって。

「さあ、衣服を全部脱いで、むこうの部屋に行け」

「うん」

「これでようやくおまえにヘンナの護符を刻める」

そのカイルの言葉に心が満たされる。

彼は決して無理強いしなかった。

立樹を抱くときもそうだった。最初、快楽を与え、この身体に発情の印を刻んだとき以外は、なにもかもこちらの気持ちを考え、こちらが納得してから行動を起こす。

(そうした思いやりの積み重ねが……愛なんだよ、カイル。こうしてふりかえると、あなたの行為には最初からいつもいつも透明な愛があふれていた気がする)

衣服を脱ぎながら、立樹はそんな実感をおぼえていた。

下着までとりさり、薄暗いパティオの幾何学模様のタイルの上に立つ。ほっそりとした首筋、骨っぽい体つきをした二十歳の男のシルエットがタイルの上に濃く伸びていく。

「綺麗だ、触れるのがためらわれるほど。不思議だ、こんなこと一度も感じたことはないのに」

カイルが目の前に立ち、薔薇の香りのするお湯であたためた濡れたタオルで、立樹の耳の裏、首筋から鎖骨、そして胸元をぬぐっていく。

ふっと彼の吐息がうなじを撫でたかと思うと、背骨から腰骨にそってタオルで皮膚を拭われる。

優しく、いたわるように皮膚を拭う彼の動き。時折、パティオを通りぬけていく風がひんやりと肌を撫でていく。

帝王が自ら花嫁の肌を浄めたあと、女官たちがその皮膚に帝王の印を刻む——それが彼らの昔からの風習らしい。

甘やかな、清涼感に満ちたモロカンローズの香り。カイルの匂いが自分の皮膚にも溶けているのだと思うと、全身の血が熱く騒ぎそうな気がした。

そうしてカイルによって浄められた肌に、漆黒のアバヤに身を包んだふたりの女性がヘンナで模様を入れていく。

「綺麗に色が入りそうだな」

カイルがふたりの女性に声をかける。

「ええ、真っ白で透明感のあるお肌ですので」

「こんなになめらかで美しい皮膚に護符を描くのは初めてです」

ローズウォーターにヘンナペーストを溶かしコーンに詰めると、立樹の皮膚にタトゥーのように模様を入れ始めた。コーンの先が肌に触れるたび、つい全身に力が入ってしまう。

「ん……っ」

タトゥーのように痛みがあるわけではない。ただひんやりとした感触にくすぐったいような、不思議な心地よさを感じた。

じんわりと身体の奥に熱が籠もっていくような感覚。

その様子を鋭利な眼差しの男——カイルが凝視している。

部屋の片隅のカウチに腰をかけ、じっと立樹を見つめているカイルの姿。

二人の女性は一族の者ではなく、カイルの忠実な崇拝者らしい。カイルに指示されたとおり、イスラムのコーランを唱え、魔除けの護符をそこに描いていく。

首の付け根から肩にかけて、手首、手のひら、足の甲まで、邪悪な者たちから護るための幾何学模様。

肌に模様が入るたび、そのヘンナの跡をたどるように、オッドアイの美しい黒豹の眼差しが立樹を眺めている——そんな錯覚をおぼえてしまう。

人間なのか獣なのか、時折、ふと突き刺さるような視線を感じて視線をむけると、彼は人間の姿のままなのに、どうして黒豹に見られているような気がするのだろう。

こんなところで、彼がうかつに獣の姿になるとは思えないのだが、どちらに見つめられているのかわからなくなって。

四角く切り取られたパティオの上のほうを見あげると、青い壁のむこうにいっそう濃い青の空。その光を明かりの代わりに、肉体に描かれていく護符。

それをまとっていくと、自分が裸ではないような気がしてくる。大切に、見えない衣服で包みこまれていくような感覚がした。それが不思議だった。

「これで儀式が終了する。おまえとつがいになる最も重要な儀式だ」

一晩明け、ヘンナが肌に定着したあと、乾いたペーストを剝がすために、立樹はハマームに入った。

湯気のたちのぼった広々としたハマームの中央に立ち、もう一度、カイルから肌を洗われ、肌にローズオイルに塗りこまれていく。

揮発していく甘い薔薇の香り。カイルとまったく同じ匂いに自分が包まれていくだけで目眩がしてくる。

「完成だ、見ろ」

カイルに言われ、ハマームの外に出ると、瀟洒に細工された大きな鏡の中央に、美しい幾何学模様を肌に刻まれた立樹の姿があった。

神秘的で、厳かな美しさに満ちた護符。

白い肌にまとっているだけで、そこが熱くなっていくような不思議な感覚。心なしか、これまでの頼りなげな自分ではなく、どこか妖しげな艶を漂わせた猫科の獣がそこに映っているような錯覚を抱いた。

（いや……錯覚じゃない。俺も豹の一族の血をひいている。完全な人間ではない）

豹にはなれない。しかしその血を身体の奥深くに宿らせた不完全な個体。

「いいな、永遠に私のものでいるんだぞ」

カイルは立樹の頬に手をかけ、立樹に指輪を嵌めた。

「これは……」

ハムサ——ファティマの手。護符……彼からもらった大切な指輪だが、寺本に奪われてしまったものだった。

「あの事件のとき、寺本からとりかえしておいた。おまえが完全に私のものになると誓うときにもう一度渡そうと思っていた。これで完全におまえは私の花嫁だ」

指に嵌まった指輪をそっと指先で撫でていった。

もう一度嵌められた指輪。

最初のときとは違う。とてつもない重みと愛しさを感じる。この指輪とともにこの男のそばで暮らす人生。それを自分で選択したのだ。

「誓うよ。あなたのつがいとして生きていく」

誓いをこめ、カイルにくちづけしようとしたそのとき、ふいにヘンナで彩られた場所が痺れたようになり、立樹は息を呑んだ。

そこの肌からじわじわと快楽を求めるようなむず痒さが皮膚の下に広がってくる。

「……っどうして……」

また発情期の波が起きたのか？　いや、それにしては濃厚すぎる。今すぐ、彼を押し倒して、のしかかってその性器を喰らってしまいたくなるような衝動に襲われ、立樹は、はあはあと息を荒げた。

「それは普通のヘンナとは違う。初夜の花嫁のための、生殖行為を成功させるための秘薬を混ぜておいた」

「……っ……そんなことしなくても……俺は……もうあなたのものなのに……」

「だが、黒豹の姿の夫を受け入れるのは容易ではないだろう？」

「……え……っ」

黒豹の夫――――？

一瞬、意味がわからず、目を見ひらいた立樹を、カイルの目が捉える。

きらりと光る紫色の眸。その目を見ていると、いきなり全身の皮膚を剝ぎとられたような感覚をおぼえる。そしてその奥にある快楽の熾火が一気に燃えあがりそうになってくる。

「四つん這いになれ。月に一度、ヘンナを塗り直すたび、互いが死ぬまで続けていく。それが我々の掟だ」

尊大な命令に背筋に戦慄が奔る。

「黒豹と……交尾をするなんて……」

「それがつがいの儀式だ。さあ」

怖い、それがカイルであっても獣を受けいれることなんてできない。

そう思うのに、彼の眼差しとヘンナとが蜘蛛の糸のように立樹の全身になやましい疼きを伴って絡みついてくる。

そこからじわじわと愛撫されているような錯覚。

ヘンナをまとった皮膚が異様なほど熱い。身体の奥の、いつも彼を銜えこんでいる場所が、恥知らずなほどわななき、呻きをあげて快楽を求めている。

理性はその行為を恐れているのに。頭のなかでは、黒豹との性交などあり得ないと思っているのに。

立樹の身体の本能的な部分がそれを望んでいるのがわかる。

「……カイル……きて」

気がつけば、そんなことを口にしながら、立樹は床に膝を落としていた。そして腰を高く彼に突きだしていた。空気に触れたそこが物欲しげにひくついているのを感じる。

「……っ」

次の瞬間、ぬるりとざらついた舌先が陰部の縁を舐め始めた。舌の表面が触れると、その棘の刺激に痛いような甘痒いような感覚が奔る。すでに黒豹になったカイルが肉の環を舐めあげたかと思うと、ずぷりと肉襞を舌先で割った。

「ああ……っ……ああっ……ああっ」

体内に入りこんできた黒豹の舌。粘膜のなかを舌先が蠢く。ざらざらした舌が痛い。けれど身体が求めているせいか、それすらもなやましい愛撫のように感じてしまう。人間のものや指など比べものにならないほどの刺激に、立樹の腿はふるふると痙攣にする。たまらない。強烈な快感が突きあがってくる。疼く身体をもてあましそうなほどのむず痒さが広がっていく。

「はあ……ああ……っ」

怖い。それなのに厭わしいとは感じない。黒豹であろうと人間であろうと、ここにいるのはカイルに違いないのだから。

自分はその男の花嫁として、彼のすべてを味わうためにこうしているのだ。だから大丈夫、どんな姿の相手でもつながることができる。

そんな実感が胸を覆ったそのとき、ふいに黒豹の舌先がそこからひき抜かれた。突然の不在。濡れた蕾に心もとなさを感じたのは、しかし一瞬のことだった。

「あ……っ」

ズン……と重く巨大な肉塊が体内にめりこんでくる。

「……っ……ああ……あっ」

痛い。身体が引き裂かれる。ありえないほど猛々しい黒豹の性器がじわじわと肉を割って体内を埋め尽くしていく。

重い痛みに全身が粉々に砕けそうだった。あきらかに人間のそれとは形が違うのが自分の腹部の歪みでわかった。

「あ……あぁ」

ふだんはへこんでいる腹部が心なしか、膨らんでいるような気がする。それも当然だろう。二メートル近い黒豹の性器がそこに埋めこまれているのだから。

「ああ……っ……あ」

息もできない苦しさ。カイル——獣になった彼が自分のなかに挿っている。

強烈な痛みだった。人間のものとは別の怒張が立樹の狭い肉襞のなかで暴れ狂っている。猫科の獣特有の、ペニスの先にある尖ったものが粘膜に刺激を与えていく。

後ろから彼の心の声が聞こえてくる。

「これでおまえは私のものだ。砂漠の生け贄となって生きていけ」

黒豹がわずかに腰を揺らす。肉厚の陰嚢が臀部に触れるのがわかった。

「あ……あっ、あっ、あぁ」

黒豹の妻の印をつけられた肉体。

暗いイスラム風の部屋の、絨毯の上で四つん這いになり、黒豹に奥を貫かれ、ぐいぐいと後ろから穿たれていく。

「あ……は……ああ……んぅ……っ」

黒豹が荒々しく腰を打ちつけるたび、脳が痺れて真っ白になっていく。手をついていることもできず、胸から倒れこんだ立樹に黒豹の重みがずっしりと加わる。根元まで挿りこんだ

性器が内臓を圧迫する。猛烈な痛みと妖しい快楽のはざまで喘ぎながら、きりきりと床を掻くことしかできない。

「く……あ……っ」

ヘンナをまとった皮膚がそこから熱く燃えたぎっていくような気がした。

そしてたまらない愛しさが胸に広がっていく。

「……く……う……っ！　ああ……ああっ……」

護符をまとった白い皮膚が淡い桜色に染まっていく。

全身が仄かに紅潮している。いつしか立樹の肉襞が激しく獣のペニスにまとわりつき、いつしか痛みも忘れて快感を得ていた。そのことにうっすらと気づきながら、立樹は快楽よりももっとたしかな気持ちで体内で蠢く獣のペニスをこれ以上ないほど愛しく思っていた。

黒豹の帝王の花嫁。これからそうやって生きていくのだ。

「——大丈夫か」

目を覚ますと、ベッドサイドに黒衣のカイルが座り、立樹の額を手のひらで撫でていた。

「明日、マラケシュに着いたら、しばらくゆっくりと過ごそう」

「うん」

起きあがろうとしたが、身体に痛みが奔り、立樹は顔を歪めた。

「少し休んでいろ。突然だから辛かっただろう」

「大丈夫だよ。でも少し休みたい」

「これからむこうの邸宅で、先におまえを迎え入れる準備をしてくる。二時間ほどでもどる。その間、おまえはここから出るんじゃないぞ」

「わかった」

　カイルが出ていったあと、立樹はうとうととベッドで眠りかけた。すると夕食を届けにきた若いカイルの側近で、ペセシートと呼ばれている男が話しかけてきた。その名前通り、どことなく魚と似ている雰囲気の男だった。

「カイルさまの異母弟ですね。私は、祖父の代からカイルさまにお仕えしている人間で、父はマラケシュのカイルさまの邸宅の管理人をしております。ただ私たちはカイルさまの一族の者ではなく、町中に住み、帝王たちを人間たちから護る役割をになっています」

　丁重に話しかけられ、立樹は顔をあげた。

「では、あなたは一族の人間ではないんですか」

「はい、昔からこの地域にずっと住んでいるベルベル人です。初めまして」

「初めまして。どうぞよろしくお願いします」

「ところで今のうちに単刀直入に申しあげます。カイルさまは血のつながりがあるので、あなたに執着を抱いているようですが、お願いします、どうか彼の執着を断ち切っていただけないでしょうか」

「え……」

「彼はあなたが人間社会にもどると長生きできないと言っています。人間との間に生まれた者は二十歳で死ぬと。でもそうではありません」

ペセシートの言葉に、立樹は目を見ひらいた。

「ただの言い伝えです。一族の血を外に出すまいとして。カイルさまはそれをご存じのうえで、父親の愛情を奪ったあなたの母親への復讐をしているだけなのです」

「愛情って……カイルたちには愛なんて感情が存在しないのでは」

「それはありません。彼らは、もともとつがいを深く愛する一族。家族を誰よりも愛し、護ることで、紀元前からずっと遺伝子を存続させてきた一族だと祖父からも聞いております」

「でも父は母を陵辱したと……」

さぐるように訊いた立樹に、ペセシートはアラブ服の胸元から一枚の写真を立樹の前に差しだした。

「あなたのご両親です。マラケシュでご一緒に暮らされていたころの」

そこには、若い男女の姿が映っていた。場所はどこかのムスリムの寺院。カイルによく似たアラブ服の男性の横には、立樹によく似た風貌の日本女性。ムスリム女性のように頭からベールをまとっている。ふたりとも幸せそうに笑っていた。

「あなたの両親は、これ以上ないほど深く愛しあっていた。私はまだ十代前半の少年でしたが、あなたの母親のことはよくおぼえています」

よかった。少なくともふたりが愛しあっていることがわかって。

「カイルさまは、母親の憎しみを受け継ぎ、あなたを自分のものにすることで、己のなかに存在する父親やそれを奪った女への憎しみを消化させようとしている。どうか彼をそうした呪縛からとき放ってください。愛も知らないまま、憎しみだけで育った哀しいひとなのです。だから」

眸を曇らせた立樹の横顔を見つめ、男は小声で言った。

「これをどうぞ」

男は立樹のパスポートをとりだし、十万円ほどの金とともに手渡した。それから一枚の紙。そこに記された文字を見て、立樹は目をみはった。仁科の養母と、朝春とがモロッコに到着し、マラケシュのホテルに宿泊していると記されていたのだ。

「私を疑うのなら、このホテルを訪ねてください。いえ、電話をかけてもいい」

「どうしてこんなことを」

「私はあなたのお母さまに借りがあるのです。まだ幼いとき、病気にかかった私を看病してくださいました。『大丈夫、大丈夫』という日本語で励ましていただいたのです」

その日本語……。

「ありがとうございます、母親のことはなにも知らないので、そんなふうに教えて頂けてうれしいです。養母にも電話をかけます。ですが、カイルのそばを離れることはできません」

「どうしてですか」

「カイルのそばにいると約束したのです。彼が母を憎んでいるならそれも受けいれます。だから」

「でも、あなたが相手だと……帝国はカイルさまの代で終わってしまいます」

ペセシートがはっきりとそう言った瞬間、立樹は硬直した。

「……っ」

わかっている。そのことは最初からわかっていたが。

「二千年以上受け継がれてきた帝王の血筋……カイルさまの代で終わらせるわけにはいかないのです。あなたの伯父が持ちこんだウイルスで、カイルさまはお母さまを始め、多くの親族を喪いました。そのときの哀しみや復讐心を乗り越え、カイルさまには真の帝王になって頂きたいのです。カイルさまはお父さまのこともあってあなたへの執着で目が曇っていますが、あとで絶対に後悔されます。子孫ができなかったら帝国はどうなるのですか」

ウイルスで母親や親族も——。胸が激しく痛んだ。泣き叫びたいほどだった。

彼は本当に孤独なのだ。その原因を作ったのが仁科の父。そして人間の激しい欲望。それなのに、立樹を育てたからという理由だけで、彼なりに精一杯の敬意をもって仁科の父を埋葬してくれた。その清らかさ、純粋さ、穢れのない心に胸が押しつぶされそうになる。と同時に、ペセシートがまちがっていることも、カイルが復讐心をもっていないということもわかった。

愛すら知らなかったというひたすら無垢な彼の心に、復讐心など存在するわけがない。

あのひとはただただ真っ白な、そう、ただただ美しいだけの心の持ち主なのだ。

だから胸が痛かった。そのひたむきな想いが今さらながら愛しくて。

そしてそんな人だからこそペセシートも頼んでいるのだろう。彼なら、妻子を得て、残された帝国の人々を護り、真の帝王となって帝国を繁栄させられる。いや、そうして欲しいと。

「だから……養母たちと一緒に日本に帰国しろ――とあなたは言いたいのですね」

「申しわけございません。彼を愛しているのなら、どうか」

彼を愛しているなら。そう、だからそのほうがいいのではないかという気持ちがずっとなかったわけではない。けれど。

「あの……ここからこのマラケシュのホテルはどのくらいの距離ですか」

「タクシーで二十分ほどです」

「ホテルから、カイルの邸宅は近いですか？」

「ええ、そちらでしたらタクシーで五分ほどの距離です」

立樹は自分のパスポートを手に、ベッドから降りた。

「わかりました。まず養母に会いに行きます。それからカイルに言います。養母と一緒に帰国すると」

(俺は本当はカイルのところから離れたくない。愛の誓いを裏切る気はない。でも彼には後悔して欲しくない。だから)

立樹はそう決意し、母親と朝春がいるというホテルにむかった。まさかそこに寺本とモサント社が待ち受けているとは想像もせず。


「……ん……っ」

立樹は深い眠りのなかから意識をとりもどした。

頭がずきずきと痛む。一体自分はどこでなにをしているのか、たしか養母が泊まっているホテルにむかったのだった。

だが、そこに養母のすがたはなく、ホテルのロビーにいたのは、片腕を失った寺本だった。罠だったと思った次の瞬間、複数の男達に囲まれて——それから意識がない。

「……ここは」

気がつくと、立樹は獣のように鉄製の檻のなかに入れられ、トラックでカスバ街道を進んでいた。透き通るように大きな月が砂漠へ続く道を明々と照らしている。

アトラス山脈のふもとにある、広い砂漠へとむかっているようだ。まわりにはなにもない。存在するのは、砂漠と月と自分たちだけ。

そして砂を巻きこみながら通りぬけていく風だけ。

頭が痛い。ここはどこだろう。あの野生動物保護センターに行くのかと思ったが、トラックが停車したのは、砂漠のなかにあるモサント社の研究所だった。

「——ここがおまえの部屋だ」

ゲージから出し、寺本たちが立樹を連れて行った場所は、所内の地下実験室内の檻だった。廊下といい、部屋といい、監視カメラがいたるところに設置され、一望監視施設になっていた。

逃げられないようにと高圧電流が流れている檻。そのなかにも二カ所にカメラが設置され、トイレやシャワーでさえ、身を隠せるところはどこにもない。

それどころか、監視カメラだけでなく、あらゆる箇所に扉が設置され、それらはすべて、声紋のみで反応するバイオメトリクスでの本人確認がなされなければ開くことができないシステムになっていた。

暗証番号やカード、指紋なら変造することは可能だが、声紋だけは他人のものと成り代わることはできない。ゆえにコンピューターで識別されるようにセッティングされないかぎり、このなかを十メートルとて自由に歩くことはできないのだ。

前回、黒豹が逃げたときのこともあるので、今回はバイオハザード並の厳重な警備がなされていた。これではさすがにカイルも助けにこられないだろう。ヘンナを纏っていれば、居場所がわかると言っていたが。

「立樹くん、養母と朝春くんのことは気にするな。ふたりにはきみは砂漠の探査隊に加わってると言ってあるからね。きみに会いたくて困っていたら砂漠の帝王の部下のペセシートとかいう人間が仁科夫人の宿泊先をさがしていたので、ぼくが教えてやったんだよ。きみをあの青い村から出すために」

どうやらカイルが自分用にと用意していた邸宅は、厳重な警備がなされていて、そこにはいかなる外部の侵入者も入れないようになっていたらしい。

『ここから出るな』

カイルがそう言った意味が今になってわかった。

「頃合いを見はからってきみは、砂漠で亡くなったと説明するつもりだ。そうすれば、永遠に、仁科立樹という存在はこの世から消える。今後、きみはモサント社のバイオ資源研究に役立ってもらう。実験動物ナンバー六四一。人間の形をした人間とは違う生き物。きみの遺伝子を使ってクローンを創る予定だ」

「そんな……」

「今後、たっぷりと研究の役に立ってくれ。それでぼくの片腕の分がちゃらにできると思ったら大間違いだけど、なくした腕の分くらい、きみには役だってもらわないとね」

寺本のまわりには銃をたずさえたスタッフ。

立樹が変身するとまだ信じているのだろうか。

「それでは、改めてきみのデータを採取する。いいね」

その日から幾つもの検査をされた。

ＩＱテストによる知脳の実験。可聴音域の範囲、運動能力、一次視角野のレベル。ＭＲＩ、ＣＴといった身体部分の検査に加え、ＤＮＡレベルの検査。ヘンナの模様まで写真に撮り、分析していた。

実験動物らしくいろんな機械をとりつけられ、自分でも知らない自身の能力について調べられている。

その結果を利用されたらどうしよう。カイルはまた破壊しにくるだろうか。

そして一週間が過ぎると、科学的な検査は終了し、今度は尋問が始まった。

「検査の結果が出るまでの間、おまえの尋問を行う」

そう言われ、後ろ手に手錠をつけられた姿勢で、これまでの生い立ちについて延々と質問された。

それ以外の時間は、陽の差さない冷たいコンクリートの空間で、監視カメラ付きの生活が続く。そんなとき、立樹は体調が不安定なことに気づいた。身体が痺れ、少しずつ動かなくなっていくのだ。

皮膚に描かれたヘンナの模様が薄れていくのと比例するかのように。

それは研究所のデータにも出ているらしい。

「おかしい、このままだと六四一は死んでしまうぞ。どんどん細胞が死滅し始めている」

「データでは、人間との間に生まれた子が二十歳を過ぎて生き残った例は殆どない。この男ももう長くないということか」

やはり自分はカイルという存在がいないと死んでしまうらしい。

立樹に嘘をついていたのはペセシートのほうで、カイルの言ったとおり、彼がいないと生きていけないのだと改めて悟った。

「……っ」

立樹が徐々に弱っていくことに気づいた寺本は、カイルをおびきだ出そうと、わざと砂漠の真ん中に立樹を放置することにした。

「帝王はおまえのために砂漠にくるそうだ」

「寺本さん……」

「帝王を捕獲しろ。いいな、殺すな。麻酔銃で捕獲するんだ。今度こそ逃がすな」

寺本が兵士に命じる。

(麻酔銃で捕獲？　どうしよう、カイルがきて捕まったら)

それならいっそその前に自分を殺してくれないだろうか。

いや、自ら死期を近づけられれば。砂漠に放置されたとしても、すぐに命が尽き、スカラベが埋葬してくれたら、カイルがくる必要がなくなる。そう覚悟し、立樹はそれから一切の食事をとらなかった。そのおかげで当日は、ますます弱っていた。

「この状態で生きているのが不思議なくらいだ。もう何時間も持たないかもしれん。死骸になっても帝王をおびき出すくらいはできるだろう。その後も実験材料にはできる」

寺本とモサント社の幹部たちは、彼らの研究所の背後に広がっている砂漠の真ん中に立樹を放置し、その様子を砂丘の陰と研究所の見張り台の双方から確認する計画をしていた。

時刻は正午。ちょうど太陽がどうしようもないほど熱くなる時間帯だった。しかも季節は八月。砂漠は六〇度以上になるだろう。

「こんなに弱っているんだ。もう六四一はサンプルとしての価値はないだろう。だが遺伝子だけはたっぷりと採取した。あとは帝王を捕まえたら」

砂漠の真ん中にむかう途中、彼らの話し声が聞こえてきていたが、立樹にはもはやまともに反論する気力も残っていなかった。

頭上からはじりじりと大地を灼く太陽。後ろ手のまま砂の上に転がされる。そのすぐ近くの砂丘の陰に寺本たちが隠れていた。その背後には、軍服姿の警備兵たち。モロッコ政府から派遣されているプロらしい。

「ん……っ」

木の葉でできた小舟のように、砂丘の上をころころと落ちていく身体。強い風が砂塵を巻きあげ、視界もままならない。すでに目や鼻腔の粘膜、唇に砂がはりつき、こうして自分は死んでいくのだという実感を抱いた。

物を見るのも息をするのも苦しいほどの砂塵。遠くのほうで渦巻いているのは砂風だろうか。

そのとき、砂漠の彼方に蜃気楼のように揺れる人影があった。

「撃て！」

低い声があたりに響き銃声がこだました。しかし幻覚だったのか、すぐ蜃気楼は消えた。

息もできない苦しさ。

このままどうなってしまうのかと思ったそのときだった。

「――立樹、目を閉じていろっ！」

寺本たちのいるあたりから聞きおぼえのある声がしたかと思うと、催涙ガスだろうか、異臭がした。

「う……っ！」

そのすぐあとに兵士が隠れていた砂丘のあたりに爆発が起こると、そこからライフルを手

にした軍服姿の男が砂丘から飛び出し、立樹の前に近づいてくる。

あれは、まさか――。苦しさに喘ぎながらも、その姿をたしかめようと立樹は懸命に半身を起こした。最後の力を振り絞るように。

濃い影が顔にかかり、視線をあげる。そこに立つ一人の男と目が合った。

「カイル……っ」

アラブ服ではなく、軍服を着たカイルがそこに佇んでいた。気づかなかったが、兵士のなかにまぎれこんでいたらしい。そして。

「さあ、行くぞ」

カイルに抱きあげられると、立樹は力尽きて意識を失った。


「マラケシュまで行くぞ。モサント社のやつらは、今ごろ、スカラベの餌食になっているだろう」

カイルは研究所を破壊したあと、ジープでいったんマラケシュの街に進路をとると告げた。

しかし立樹はぐったりとして返事をすることもできない。

身動きがとれない。身体が動かない。息をするのも苦しい。カイルから離れすぎていたせいか、彼がどれほどそばにいても、生きていくエネルギーのようなものが湧いてこない。

「立樹……一週間しか離れていなかったのに……こんなになってしまって」

カイルはマラケシュの屋敷に着くと、立樹をベッドに横たわらせた。

(カイル……俺……本当にあなたがいないと生きていけないんだね)

意識がもうろうとし高熱にうなされる日々。そのことを実感しながらベッドのなかで立樹は今にも消えてしまいそうな命の火を感じていた。

不完全な個体。それはこういうことなのか。もう自分ひとりでこの世を生きていくことなんてできないのか。

「しっかりしろ」

そんなさなか、骨が軋むほど強い痛みを手首に感じ、まぶたをひらくと、カイルが自分の手をにぎりしめていた。

その視線の先にいるカイル。どれほど彼が好きなのか、こうしていてもはっきりとわかる。

そしてこれ以上彼を愛することをとてつもなく自分が恐れていることも。

そうだ、愛しすぎることを恐れている。

喪うことが怖い。彼が自分を愛して後悔することが怖い。

それならたったひとりのままでいい。誰もいないままで。心細いままで。恐ろしいままで。

彼が自分といることで幸せでなくなるほうが怖い。彼にはこんな弱い個体で生まれた自分とではなく、健全な女性と結婚して欲しい。そして帝国で幸せに暮らして欲しい。そうすることがせめてもの自分の愛ではないのか。そう思う。

「もういいから……もう逝くから」

高熱に浮かされ、立樹が切れ切れの声で呟いたとき、ふいに頬に熱い涙が落ちてくるのを感じた。そして。

「逝くな。逝かないでくれ。立樹、ここにいてくれ。私から離れるな。一緒にいてくれ」

カイルの悲痛な声が鼓膜に飛びこんできた。

「でも……もう……俺……は」

「いやだ、独りにしないでくれ。そばにいてくれ」

カイルが胸に縋りついてくる。激しく熱烈に祈るように。

「カイル……」

「ここにいてくれ。喪いたくない。逝くな、私を独りにしないでくれ」

独りに――。

手をにぎりしめてくれる。すがりついてくれる。抱きしめてくれる。

「どうして……独りだなんて……」

もう数は少ないかもしれないけれど、帝国には仲間がいるじゃないか。他にもシドやペセシート、使用人の女性たち。みんな、あなたを心から慕っている忠実な仲間だ。

大丈夫、あなたは独りじゃない。俺がいなくても。それなのにどうしてそんな哀しい声で俺を呼ぶの？　どうして迷子の子供みたいに心細そうにすがりついてくるの？

「あなたは……独りじゃない……大丈夫……独りじゃない……」

「だめだ、独りなんだ。おまえがいなくなると私は独りになる。耐えられない。おまえを喪って生きていくなんて耐えられない。だから逝くな」

カイルが泣いている。これは夢だろうか。あのカイルがこんなふうに激しく声を出すことなんてあり得ない。彼が感情を剝きだしにすることなんてあり得ない。

「私には……おまえしかいない。もしまだ百万以上の仲間が生きていたとしても……それでも、つがいはおまえだけだ。おまえだけなんだ、私にとっては……おまえしかない」

あまりにも悲痛過ぎて胸が痛い。そんなふうに言われると逝くのが辛くなる。

「頼む、立樹、がんばってくれ。生きるんだ、おまえが生きてさえいてくれたら」

ぽとぽとと滴ってくるカイルの涙。頰から首筋へと流れおち、肌へと解けていく。そのぬくもりに、冷たくなっていた身体が体温をとりもどしていく。そのあたたかさを求めるように立樹は力をこめて彼の手をにぎりしめていた。

「わかった……がんばるよ……あなたのために生きていく」

そうだ、これは夢だ。だからがんばれる。そう思って呟くと、カイルが幸せそうにほほえむ姿が見えた。

「よかった、立樹」

救われたような彼の笑顔。美しく透明な笑み。やはり夢だ。カイルがほほえむなんてことはあり得ない。そもそも泣くことなんてないんだから。

朦朧とするなか、立樹は自分のなかで命の火が灯っていることを実感していた。

生きよう、がんばろう、カイルのために——という気持ちに支えられながら。

そして翌朝、立樹の熱は下がっていた。


「よかったな、助かって。あのままではどうなるかと思ったが」

翌日、立樹が起き上がれるようになると、カイルはいつものストイックで淡々とした様子で話しかけてきた。

（やはり夢だったようだ。カイルが泣いていたなんて）

逝くな、ひとりぼっちにしないでくれ——という彼の声は今も脳裏に焼き付いている。でも熱が見せた自分の都合のいい幻だったらしい。

「立樹……ペセシートの件だが、彼の言動を許して欲しい。おまえを危険な目にあわせた。部下の管理が行き届いていなかったのは私の責任だ。いや、管理できていなかったのは私自身だ。彼が手にしていた写真を見て、真実を見ようとしなかった自分を恥ずかしく思った」

やはりカイルは少しずつ変わってきている。そう思った。

「いいんだよ、彼には感謝している。父と母の写真も見せてもらえたし、そこに愛があったことがとてもうれしかった。ただ仁科の父がしたことを考えると……」

「もともと帝王以外は、免疫力のない弱い種だった。長い間、隔絶された場所で生きてきたので、この世界での耐性がもう殆どないんだ。だからささいなウイルスにも感染してしまう」

　そう、だからこそあなたが子孫を残さなかったら、豹の一族はどうなるのか。という思いが残っている。だが、『おまえしかいない』と言った彼の声があまりにも切なくて、それを言葉にすることができなくなってしまった。

「もう少しここで暮らしたあと、早めに帝国に行こう。やつらの残党に捕まらないよう早いうちに」

「でも、カイル……俺、その前にひとつやっておきたいことがあるんだけど」

「やっておきたいこと？」

「寺本さんと父の研究していた内容……今後、ぜったいに外部に漏れないようにしたいんだ。それから、彼らが行っていた野生動物保護という本来の研究資料だけをまとめて、獣医大学の教授に渡しておきたいんだ」

「どのくらいかかる？」

「二日か三日で。父の荷物にあった資料をスーツケースのなかに入れておいたから。それをもとに論文を書きたいんだ。自分が人間社会で生きていた証、あなたたちの存在も護りたいし、動物環境も保護したい。だからこの論文を仕上げて、届けたい」

その間に養母と朝春にも連絡をとり、この国でしばらく仕事をして暮らしていくと伝えるつもりだった。

「わかった、いいだろう」

カイルのその気持ちが嬉しかった。

てっきり反対されるかと思ったが、こんなにあっさり了承してくれるなんて。尤も、反対されたとしても、頼みこむつもりでいたが。

動物の行動と生態系の複雑な絡まり合い。そこからどう保護していくか。表向き、仁科の父が研究していたデータをまとめ、立樹はそれを大学の動物環境学科の教授に送った。

『なかなかすばらしい論文だったよ。よくここまでまとめたね』

日本にいる大学の教授から感心したように言われた。

「父が最後にやっていた研究データを無駄にしたくなかったので」

『寺本くんのことは残念だったが……よかったら、きみのお父さんや彼の研究資料をもとに、きみがその研究を続けてもいいんだよ。仁科教授や寺本くんの話だと、研究の最終結果が出たときはノーベル賞も夢じゃないぞ』

こちらでの事情をよく知らないのか、事件のあと、励ますつもりなのか、そんなふうに言われたが、立樹は即座に断った。

「いえ、それは大げさです。父の研究は……ただの野生動物の保護でしたから」

新生物の探索——新たな遺伝子の発見ではなく、純粋に父は野生動物の環境保護の仕事をしていた、その途中で強力な感染症に罹って死亡した——ということにしておいたほうがいいだろう。

寺本もそうだ。実験データのことでモサント社のプラントに行ったとき、バイオ燃料が爆発して、その事故に巻きこまれたということに。

日本ではそんなふうに報道され、寺本の両親が遺骨を求めてモロッコにやってくるという。

(あとは、カイルの帝国が荒らされないよう、モロッコにおける豹の生態系について、もう一度きちんとデータが消えているか確認しておこう)

現在、モロッコには野生の豹は生息していないと言われている。だが、一部、生息不明とされている地域が残され、そこには世間一般で知られている野生の豹ではなくカイルの一族がいて、彼の帝国があるらしいということはまでは仁科の父が調べていた。

カイル以外に行き方がわからないため、誰からも発見されていないし、カイルの指示によって、仲間が豹の形で亡くなったときは、人間に見つからないように、スカラベによる葬儀を行っているらしい。

(彼の帝国を護るため……やっぱり俺がつがいになっちゃいけない。女性と結婚して、子孫

を作ったほうが）

ずっと心のなかに存在する不安。彼を愛している。彼が愛してくれていることは嬉しい。けれど、それは彼のためによくないことではないのか。宝石が手に入らなくてたとえばこのまま命が短くなったとしても、彼にとって自分がそばにいるのはいいことではない。そんな気がしてくる。

でも独りにしないでくれ、おまえしかいないと言った彼の言葉が心に響き、彼のそばにいたいという気持ちと、離れたほうがいいという気持ちとが激しくせめぎ合う。

（俺は……俺はどうしたらいいんだろう）

夜、ひととおりデータを打ち終えると、ふわりと窓辺に黒豹が現れた。

しかしカーテンが揺れるなか、カイルの姿になった。

「ずいぶんがんばっているようだな。動物学者として活躍できそうじゃないか」

「名残惜《なごりお》しいけど、やることだけやったら、あなたの帝国に行く約束だから」

そう言いながらも、まだ心のなかで迷っていた。本当に行っていいのかどうか。

それとも帝国に行ったあと、しばらく彼のそばで帝王としての仕事を支えて、落ちついたころに言ってみようか。あなたにふさわしい女性と結婚して――と。

そんなふうに思っている立樹のとまどいが彼にはわかったのか、カイルは立樹から視線をずらしてぼそりと呟いた。

「立樹はこのままだと優れた動物学者として成功するだろう。おまえは人間社会で生きていったほうがいいように思うが」

「カイル……」

「ここ一週間、論文を打っているおまえの姿を見ていると、帝国に連れてきたいというのは私のエゴだと感じるようになった」

エゴ——エゴという言葉を彼が使っていることに立樹は驚いた。

「エゴだなんて、どうして急に」

「エゴイスティック、つまりエゴとは、自分勝手な行動をいうのだろう？　自分のことしか考えていない言動を」

「そうだけど……どうしてそんなことを」

「餞別をやろう。たったひとりでも、人間社会でおまえが生きていける例の宝石を」

「どうして……俺から離れて生きていくの？」

「一緒に生きていくよりは、そのほうがいいと思った。どこであろうとおまえが幸せに生きていれば」

カイルは変わった。やはり彼のなかに愛がある。以前より進化した大きな愛。

「それを手に入れたら、私とはもう永遠に会えない。あの世で再会することもあるかもしれないが。それでもいいか？」

離れても生きていく方法がある。それが欲しいというよりは、そうすれば、彼は帝王の子孫を残すことができる。

「あなたはそれでいいの？」

「選ぶのはおまえだ。おまえの人生だ」

二度と会えない。けれど。

「……そのほうがいい。あなたと会えなくても、人間社会で生きていきたい」

ウソだった。

会えなくなっても、生きていられれば。それに死にかけたとき、本当に思った。カイルのために、自分のような弱い個体はそばにいないほうがいいと。彼を犠牲にしたくないと。

「俺は人間の社会で生きていく。あなたを好きになって、誰よりも愛している気持ちは変わりないけど、人間の世界で生きて、あなたたちを護るために活動していくよ」

それがせめてもの彼への恩返し。愛。そして仁科の父がしたことへのお詫びとはいえないけれど。

「頼んだぞ、我々の帝国を護ってくれ」

「うん」

「では、その前に、ふたりで最後の夜を過ごさないか。今夜は星がとても綺麗だ」

カイルに誘われ、邸宅の奥にある廃墟のようなパティオに行き、夜空を見あげる。

夜空に目が慣れてくると、藍色の空に、今度は目がチカチカしそうなほどの星の瞬きがあふれだした。すーっと細い光の線が流れて一瞬で消えていく。流れ星だった。緑の流れ星なんて初めて見る。

「――流れ星だ」

「ああ、あの星のように、今夜を最後に私はおまえのそばから消える。明日からはひとりで強く生きて行くんだぞ」

「うん、がんばるよ」

それが彼への、せめてもの感謝と愛の証として。

彼が誰かとつがいになり、子孫を作って、帝国を護る。それを陰ながら支えていくことができれば、それが自分の幸せで悦びにつながるだろう。

けれどもう二度と会えないと思うとやはり張り裂けそうなほど胸が痛くなった。

そのときだった。

「見ろ、また流れ星が見えた」

宝石が連なったように星が流れていく。

月が雲間に消えたまま、その神々しい光だけが雫のように煌めいている。

透明感に満ちた清麗とした光が夜空に揺れている。

「流れ星は願いを叶えるともいうが、我々のなかでは、スカラベによって天国に運ばれた魂

そうだ」

「あそこに見えている星のなかには、もうこの世界に存在しないものばかりだ。流れ星だって
「違うよ、流れ星はただの自然現象だ。今、見ている宇宙は同じ時間のものじゃないんだ。

が地上を眺めている光ともいう」

立樹は投げやりに吐き捨てた。

あまりにも空が美しくて、あまりにもカイルが優しい眼差しをしていることにやりきれな
くて、刺々しい言い方しかできない。自嘲しながらも。

何でこんなことを口にしているのだろう、と。

「科学的にみればこの地球もいつか消える。流れ星と同じでみんな一瞬なんだよ、本当にな
にもかもあっという間に消えるんだ。命なんて儚いんだ。だから……」

それ以上、言葉が出てこない。

一体、自分はなにを口にしたいのだろう。

そんな立樹の心がわかったらしく、カイルは覚めた表情で言った。

「よかった、それなら一瞬だな。おまえと会えない時間なんてあっという間に終わる。どう
せすぐにあの世で再会できるのだから」

「カイル……俺は……っ俺は……」

声を詰まらせ、必死に涙をこらえている立樹の髪にカイルは手を伸ばした。そしてそっと、

いつものように優しく指を絡めて梳きあげてきた。慈しむように、名残惜しむように。

本当は離れるのが辛い。あのとき、独りにしないで、おまえしかいないと言われて、どれほどうれしかったたか。

そのためだけに、そう、あなたのためだけに生きていきたいと思ったほどだった。エゴだとわかっていても、本当はここで「いやだ、独りにしないで」と立樹のほうが泣き叫んですがりつきたかった。けれど彼の幸せにはならないから。

せめて笑顔で別れようと淡くほほえみかけたとき、カイルが祈るような声で囁いた言葉に立樹は口元から笑みを消した。

「すまなかった」

「え……っ」

「本物の人間ではなく、豹の血なんて……我々の忌み嫌われる血をその身に受け継がせることになって……おまえの人生を哀しいものにしてしまった。父がおまえの母親とさえ出会わなければ。仁科だって、我々さえいなければ、亡くならなくて済んだ。あのとき、おまえが言ったとおりだと今さらながら思う、我々さえ存在しなければよかったと。本当におまえには申しわけないことをした。父がおまえの母を陵辱したなんて言い方をしたのも謝る。なにもかも私はおまえにひどいことばかりした。私の存在によっても苦しめた。それだけは最後に謝りたかった」

「何で……何で……そんなこと」

言葉が出てこなかった。

どうしてカイルが謝るのか。幸せをいっぱいくれたのに。たくさんの愛をくれたのに。命をくれたのに。生きている喜びをくれたのに。

「これからおまえに宝石を渡す。それをとりこんで、命をつないでくれ。もう弱い個体じゃなくなる。ちゃんと生きて生きて幸せになってくれ。本当にすまなかった」

謝らないで。忌むべき者は、カイルたちではない。むしろ人間だ。

仁科の父や寺本、それからモサント社、彼らのほうこそひどいことをしてきたではないか。そのためにカイルがどれだけ大変な思いをしてきたか。

いつもいつも彼らに狙われて。それなのにどうしてそんなふうに言うんだ。

「もうやめて。もういいから、お願いだからなにも言わないで」

「いや、せめて最後におまえに謝らないと。それから感謝を」

「もういいって、もうなにも言わないで！」

切なさやら腹立たしさやら哀しさやらで胸が引き裂かれそうになる。どうしようもないほど痛い。とっさに背を伸ばしてカイルの背に腕をまわして、自分から無理やりキスした。

「——っ」

カイルは一瞬とまどって顔をずらしそうになったが、そのかすかな動きを封じこめるほどの強さで、立樹は唇を押しつけた。カイル……大好きだ。本当は手放したくない。エゴが許されるなら、いっそ二人でこのままここでスカラベに埋葬されたい。

やがてカイルの腕が立樹を抱きよせ、彼の胸に包まれる。唇を重ね、体温を溶けあわせ、そうしてどのくらい抱きあっていただろうか。少しずつ心が静かになり、哀しみや苛立ち、腹立たしさが少しずつ消え去って、たった一つだけの純粋な感情が心のなかに浮かんでくる。

カイルが愛しい。ただそれだけが。

だから彼には帝国を護って欲しい。家族を持って欲しい。そのとき、孤独でなくなるから。独りじゃなくなるから。そう思って、立樹はカイルから離れた。しかしそのとき、突然、カイルから短剣を渡され、立樹は目を見はった。

「これは……」

スカラベの紋章のついた短剣。どうしてこんなものを。

「それで私を殺せ」

「——っ！」

「おまえが生きていくために必要な宝石は、ここにある」

カイルは自分の胸に手のひらを当てた。

「待って……二度と会えないっていうのは……まさか」

声が震える。

「その短剣で私の首を裂けばいい。自然にスカラベが集まって、私を埋葬してくれる。そのとき、スカラベが食べられずに、小さな宝石が残る。黒豹になったとき、私の片方の目を光らせている紫色の宝石——私の魂。それがあればおまえは寿命をまっとうできる」

「待ってよ……そんなことって……だって、あなたには帝国が」

そのとき、カイルは小さくほほえんだ。これまで一度も見たことがないほどやるせなさそうな表情で。

「——ないんだよ、そんなものは」

「え……」

「もう仲間はいないんだ」

「……っ」

「帝国は、スカラベたちの褥《しとね》となっている。かつて帝国のあった場所……そこにあるのは遺跡だけだ。この前、奇跡的に仲間の死体が見つかったが、多分あれで終わりだ。私は……おそらくこの世でたったひとりの生き残りとなってしまった」

「でも、シドやペセシートや……マラケシュの女性たちは……」

「私に幻惑された崇拝者。ただの人間だ」

「そんな……」

そんなことって。いや、でもあり得ない話ではない。ずっと不思議に思っていた。他に豹から変身する人間が誰もいないこと。あの古代遺跡のようなところと帝国とが似ていると彼が行ったこと。

「父とおまえの母親に感謝しないとな」

カイルは立樹の頬に手を伸ばしてきた。

「私にひとときでも家族を与えてくれた。十分だ。愛も知った、悦びもわかった、父がおまえの母親を愛したという理由もわかった」

「待ってよ、カイル」

「人間社会を知れてよかった。だからこそおまえはそこで生きていくべきだと実感した」

「だからって……あなたを犠牲にすることなんて」

「犠牲じゃない、そうして欲しいんだ。おまえが獣医になる夢を愛しく思う。野生動物の保護と、環境問題にとりくんでいる姿を誇りに思う」

「そんなこと……言わないで」

「いいんだ。おまえの人生を犠牲にしたくないだけだ。ともに墓守として、帝国の遺跡で生きていく人生なんて、おまえに強いることはできない」

カイルの眼差しは静かで覚めていた。彼のなかではっきりと覚悟が決まっている。

とめどなく涙を流し、彼の手を濡らし続ける立樹を、カイルは愛しそうに見つめた。

「以前に私に尋ねたことがあるだろう？　幸せを感じるときはいつなのかと」

「あ、ああ」

「ようやくその言葉の意味がわかった」

カイルは立樹の頬から髪を掻きあげた。

「おまえが幸せであることが私の幸せだ」

「────っ！」

「おまえが生き生きと未来の夢を語る姿を見たとき、おまえが論文を打っているとき、おまえが教授から誉められているとき……私は、これ以上ないほどの幸せを感じた」

だめだ、涙がこぼれてくる。カイルの気持ちが痛くて切なくて。

「だから私のために……おまえの未来を犠牲にしたくない」

「そんな……そんなこと……」

「私はおまえのなかで生きられたら、それでいい」

カイルは優しく立樹にほほえみかけた。

そのとき、立樹ははっとした。熱のなか、朦朧としていたとき、カイルがほほえんでいるのを見た。夢だと思っていたが、今のと同じほほえみ。

『逝くな、逝かないでくれ。独りにしないでくれ』

あの声。彼の悲痛な魂の叫び。彼のあの声が頭のなかでよみがえってきて、痛いほど胸を締めつける。あの声のためにもどってきた。生きていこうと決意した。それなのに彼を喪って、どうやって生きていけというのか。

「ありがとう、私にひとときの触れあいをくれて。さあ、もう逝かせてくれ」

立樹の手をつかみ、そのまま自分の首筋に彼が短剣を近づけようとする。

そんなこと……そんなことできるわけがない。

「ダメだ、カイル、俺と………一緒に」

「一緒に……?」

カイルが小首をかしげる。

「あなたと墓守になる」

「……立樹……」

「あなたとふたりで一緒に生きていく」

あの高熱のさなか、命が消えそうになっているとき、彼が叫んだ言葉。

『逝くな、喪いたくない、逝くな、私を独りにしないでくれ』

あの声。逝かない。何処にも行かない。独りにしない。今こそ迷いなく、自分が何のために生きていくのか、誰のために存在するのかはっきりと理解して。

「イヤだよ、カイル、俺だって、独りになりたくない。あなたを喪って……どうやって生きていったらいいんだよ。あなたを犠牲にして生きていくことなんてできない。あなたを生贄になんてできない。こんなもの、必要ないから。俺は弱い個体のままでいいから」

立樹はその場にあった井戸にナイフを放り投げた。水音とともに、ナイフが沈んでいくのがわかる。

「バカなことを。スカラベがついたあれがないと私の魂をとりだすことができないぞ」

「いらない、あなたの魂なんて。欲しいのは、あなた自身だから」

「立樹……だがそうなったときおまえは」

「お願い、俺のために……そんな決断するくらいなら、一緒に生きて。ずっと俺のつがいとして、そばにいて。前にあなたが言ってたみたいに、魂をつないで、いつか一緒にスカラベに砂に還してもらおう。それが俺の幸せだから」

立樹の言葉にカイルが小首をかしげる。

「おまえの幸せ?」

「そうだよ、それこそが俺の幸せなんだ……あなたを愛して生きていくことが」

「おまえの幸せ……愛……幸せ……」

「そう、だからお願い、そばにいて……俺を独りにしないで」

涙とともにその言葉を紡ぎだした瞬間、カイルの腕が立樹の背をひきよせていた。

このぬくもり。この薔薇の香り。このひとの鼓動。

これがあれば他になにもいらない。そう、これだけでもうあとはなにも——。

空を覆う漆黒の闇。今は使用されていない彼の邸宅のパティオ。モロッコだけに咲く薔薇がうっとおしいほど咲き乱れている。カイルと酷似した香り。その官能的な匂いに誘発されたように、立樹は衣服を脱いだ。

白い肌に美しい幾何学模様を描いたヘンナの護符。彼の妻の証。

細い腰に彼の腕がまわり、ぎゅっと抱きしめられる。

そのとき獣の彼の影が白いパティオの壁で揺れた。

人間の姿のままでも、彼のなかの本能的な部分が目覚めると、その影は獣になるのだということに気づいた。

「後悔するなよ、もう私とふたりで生きていくしかないんだぞ」

「いいんだよ、あなたがいたら。ふたりでいられるってすばらしいじゃないか」

「ああ、独りではない、おまえがいる」

その言葉のなかに、彼のこれまでの果てしない孤独が感じられた。

そしてどうして自分がこの男に惹かれたのかも。

自由に人間にも黒豹にもなれ、人知の及ばない力を持ち、多くの人々を支配し、人々から尊崇される存在でありながら、いつもどこか彼が淋しげに感じられた。

孤高の支配者だったからだ。

「……立樹」

狂おしく自分の名を呼び、唇を重ねてくるカイル。

何度もキスしあう。やわらかくなめらかな舌先。甘やかな酩酊、まばゆい陶酔。

「おまえを愛してやる、だからどこにも行くな」

「ん……ずっと……そばにいるから」

立樹の言葉を呑みこむようにまたカイルがくちづけしてくる。そのまますべりこんだ手が乳首に触れたとたん、立樹はぴくりと身体を震わせた。

「ん……っ！」

彼の指先が乳暈を撫でていく。乳首を押したり、つついたり。ぷっくりとそこが膨らみ、妖しい痺れに腰をよじらせかけたとき、ふっとパティオの水に映る影を見て、立樹は身体をこわばらせた。彼の影が黒豹になっている。

細い身体を抱きとめ、たくましい前肢が立樹の胸をくりくりと弄んでいるように見える。

「や……あっ……やめ……」

恥ずかしい。そう思ってあらがおうとするのだが、今度は移動した唇で甘く嚙まれ、腰がはずみそうになる。まだこんな関係になって一カ月しか経っていない。それなのに、どれだけ嬲られてきたのだろう。ざらりとした彼の舌に乳首を撫でられただけで、ずんと腰まで重い快楽の波が押し寄せてしまう。

「ああっ、やっあああっ！」

「やはり不思議だ。人間というのは、こんな場所で感じるのか」

砂漠の砂のような熱が身体の奥に溜まり、全身が溶けていきそうだった。

泉のへりにアラブ服を敷き、静かに、慈しむようにカイルが立樹を背中から押し倒していく。そしてのしかかってきた。

その体軀の重み。乳首と乳首がこすれあい、素肌と素肌が触れあっていると、身体中の関節も骨も溶けたようになって力が入らなくなって彼にすべてをゆだねたくなる。

ゆっくりとひらかされた足の間に彼が入りこみ、物欲しげに熱を帯びている粘膜の奥に、深々と肉の塊を突き刺される。

「ん……あ……っ」

たまらず立樹はその腕に手を伸ばしていた。ああ、今、そこに彼がいる。体内に挿っていく。そんな実感をおぼえていると、ふっとカイルが立樹の手首をとり、指輪にくちづけてきた。

紫色のハムサの指輪がヘンナに彩られた指で輝いている――立樹の護符であり、カイルの花嫁である証。彼のものである証。

「ありがとう、私を愛してくれて」

カイルが呟く。神聖なものに触れるように。それでいて愛をこめるように。

「ああ、俺は……あなたのつがいだよ」

唇から甘い声が漏れる。その言葉を噛みしめるように今度は立樹に唇を重ね、カイルがさらに腰を進めてきた。

切なげにわななく粘膜の奥に、ぐうっとカイルは腰を沈めてくる。内臓が彼の形に変えられ、接合部が大きく歪みながら彼を銜えこんでいくのがわかる。

今夜はいつもよりつながりが深い。体内でどくどくと脈打つ肉塊もいつもよりずっと熱い。奥深くまで圧迫され、首筋から背筋までぞくりとした快感が奔っていく。

これから先、ふたりで生きていく。もう永遠に離れることはない。

狂おしいときはこうして身体をつないで、ゆったりとしたいとき黒豹になったカイルとふたりでより添って、そうやってふたりで生きいくのだと思うと、こんなに幸せでいいのだろうかと思うほど心が満たされていく。

そしていつの日か寿命をまっとうしたとき、ふたりでスカラベに葬られて、夜の星になる。何て素敵な人生なのだろう。

そう思いながら、立樹はカイルを抱きしめるようにその背に腕をまわした。

ようやく見つけた愛しいもの。永遠のつがい。

あとがき

こんにちは。本作をお手にとって下さってありがとうございます。

今回は、砂漠の黒豹×人間です。テーマは異種恋愛。獣と人間の切ない恋を書きたかったのですが、何か……無垢で一途な黒豹くんが人間になついて離れなくなってしまった話になった気がしないでも。あ、異種に加え、今回はほかにもあまり書いたことのない設定に挑戦してみました。獣ならではのエロも。そのあたりも楽しんで頂けたらうれしいです。そして舞台はモロッコ。大好きな国の一つですが、今回はモロッコというより、砂漠の奥地が中心かな。中東的な雰囲気も出ていたらいいのですが。

美しくエキゾチックなイラストを描いて下さった葛西リカコ先生、本当にありがとうございます。二人は勿論ですが、黒豹もアラブ服もヘンナも素敵で嬉しかったです。

担当さま、黒豹らしく格好いい攻とリクエストを頂いたのに、ごろごろと受に甘えそうな健気攻になってすみません。あとカイルを書くのが楽しくて最後の最後までご迷惑をおかけしてすみませんでした。

そしてここまで読んでくださった皆様、少しでも楽しんで頂けたでしょうか。けっこう初挑戦が多くてドキドキしています。感想などよかったら教えてくださいね。

華藤えれな先生、葛西リカコ先生へのお便り、
本作品に関するご意見、ご感想などは
〒101-8405
東京都千代田区三崎町2-18-11
二見書房　シャレード文庫
「黒豹の帝王と砂漠の生贄」係まで。

本作品は書き下ろしです

CHARADE BUNKO

黒豹《くろひょう》の帝王《ていおう》と砂漠《さばく》の生贄《いけにえ》

【著者】華藤《かとう》えれな

【発行所】株式会社二見書房
東京都千代田区三崎町2-18-11
電話　03(3515)2311[営業]
　　　03(3515)2314[編集]
振替　00170-4-2639
【印刷】株式会社堀内印刷所
【製本】ナショナル製本協同組合

落丁・乱丁本はお取り替えいたします。
定価は、カバーに表示してあります。

ISBN978-4-576-14110-7

http://charade.futami.co.jp/